이번 달만 버텨봅시다

이번 달만 버텨봅시다

글 정안나 그림 안희원

1판 1쇄 발행 2018년 8월 24일

발행인 신혜경
발행처 마음의숲

대표 권대웅
주간 이효선
책임편집 송희영
디자인 임정현
마케팅 노근수 허경아
인쇄 스크린그래픽
제본 (주)상지사P&B

출판등록 2006년 8월 1일(제2006-000159호)
주소 서울시 마포구 동교로 144-13(서교동 463-32, 2층)
전화 (02) 322-3164~5 | **팩스** (02) 322-3166
페이스북 facebook.com/maumsup
ISBN 979-11-6285-006-0 (03810)

이 도서의 국립중앙도서관 출판예정도서목록(CIP)은 e-CIP홈페이지(http://www.nl.go.kr/ecip)와
국가자료공동목록시스템(http://www.nl.go.kr/kolisnet)에서 이용하실 수 있습니다.
(CIP제어번호: CIP2018025434)

이번 달만 버텨봅시다

글·정안나 | 그림·안희원

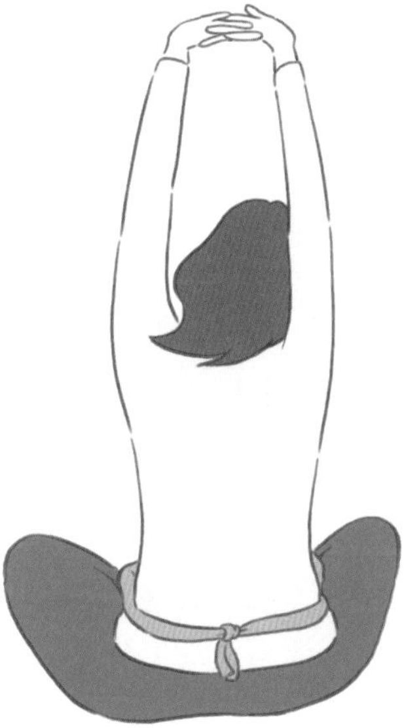

마음의숲

작가의 말

여차저차 하여 여기까지 왔다. 여기가 어디냐 하면, 서른일곱의 여름이다. 남편, 아이, 애인, 돈, 집, 차, 직장…. 없는 것투성이지만, 생각 없는 당일치기 삶치고는 제법 괜찮다.

듣보잡 대학을 나와 시골 동네 취업에 실패하고, 겨우 술값 정도를 벌어 대충 풀칠이나 하다, 원대한 꿈을 안고 서울행을 택했다. 그때 나이 스물여섯. 그렇게 어느 출판사에 입사해 이리저리 헤매다 보니 서른넷. 집 근처에서 식당을 해보겠다는 엄마를 돕겠다고 별생각 없이 회사에 사표를 내고, 시골로 내려왔다. (사실 일도 지겹고 놀고 싶긴 한데 명분은 없고, 놀고먹기에 서울 방값은 비싸기도 했다.)

그래서 (어느 영화에서처럼) 소확행을 실현하며 나만의 작은 숲을 가질 수 있었을까? 손님이 오면 아기자기한 주방에 들어가 정갈하고 맛깔스런 음식을 내준다. 세상 다신 없을 행복한 표정으로 밥 먹는 손님을 보다 한가로이 책을 읽는다. 손님이 없을 땐 창밖을 내다보며 차를 마시고, 동네 사람들을 불러 제철 간식을 먹으며 소소한 이야기를 주고받는다. 너무 덥거나 너무 추우면 식당 문을 닫고 근처 한적한 해변가로 소풍을 간다. 허허, 얼마나 더 헛된 꿈을 꿀 수 있을까? 이삿짐 트럭 보조석에 앉아 시골로 내려오며 낭만적인 미래를 상상했는데, 지금 생각하니 그때의 나는 정말 웃기고 자빠져 있었다.

알바 한번 해본 적 없는 내가 알바 몇 번 해본 엄마와 장사를 하는 건 결코 쉽지 않았다. 그 흔한 사업 계획서도, 정해진 메뉴도 없었고, 상권 분석, 시장 조사, 경력자의 노하우 전수라든지 하는 건 상상해본 적도 없었다. 엄마도 나도 겁이 없어도 이렇게 없을 수가 없고, 생각이 없어도 이렇게 없을 수가 없었다.

겁 없음과 생각 없음의 대가는 3년이 지난 지금도 계속 치르고 있다. 메뉴를 몇 번이나 다시 만들고, 피크타임에 밥이 떨어져 온 동네에 밥을 얻으러 뛰어다니고, 냉장고 옮기다 몸살이나 하루 장사 공치고, 2만 6000원을 26원으로 계산하고, 이익 남기기가 미안해 맨날 손해 보는 장사를 한다. 남는 장사는 애초에 기대도 안 하고, 서울에서 배운 도둑질로 매달 손해를 메우고 있다.

맞는다. 이쯤 되면 식당을 정리하고, 엄마와 나는 각자의 자리로 돌아가는 것이 맞는다. 하지만 그렇게 매달 버티다 보니, 단골손님도 생기고, 엄마의 손맛을 인정해주는 손님도 생기고, 아플 때 찾아와 죽 좀 만들어달라는 자식 같은 손님도 생겼다. 그들을 두고 식당을 정리하기가 쉬운 건 아니다. 그래서 매일, 이번 달 결제일까지만 버티자는 마음으로 식당 문을 연다.

식당을 하며 시간도 없고, 낭만도 없는 데다가, 엄마랑 하도

싸워 마음마저 너덜너덜해졌지만, 이 시대를 살아가는 사람들이 우리 식당에서 밥을 먹고 조금이라도 따뜻한 사람이 된다면, 내일을 살아갈 힘이 생긴다면, 그걸로 우리가 버틸 이유는 충분하다. (내가 아니더라도 누군가는 잘 살아야 하니까.)

이 마음이 언제까지 계속될지는 모르겠다. 돈과 시간은 줄기차게 까먹고 있지만, 서른넷의 나보다는 서른일곱의 내가 훨씬 어른스럽고 듬직하니까, 이제는 나를 조금 더 사랑하고 믿어줄 수 있으니까, 공부하는 셈치고 조금만 더 버텨보는 거다.

차례

1장 다음 달은 자리를 잡겠죠?

2장 **낭만과 생존을 말하다**

3장 우리 모두는 기특하다

4장 밥보다 중요한 게 어디 있니?

5장 이번 달도 버텼습니다

1장

다음 달은 자리를 잡겠죠?

개업부터
하고 보자

2015년 6월 13일. 큰 우여곡절 없이 개업일이 되었다.

엄마가 주방장을, 동생이 주방 보조를, 나와 제부가 홀 서빙을 맡았다. 일본에서 혼신을 다해 일하고 한국에 들어온 제부에게는 약간의 휴식기가 필요했다. 주방이 익숙하지 않은 엄마에게는 음식점 알바의 달인인 동생이 필요했다. 우리는 설레는 마음으로 아침 일찍 나와 재료를 준비하고, 잔돈을 준비했다.

"팥빙수는 너희가 만들어봐."

맙!소!사! 내 귀를 의심했다. 하지만 엄마의 표정엔 변화가 없다. 오늘이 개업일인데, 첫 출근한 홀 직원에게 팥빙수를 만들라고 하시다니요. 빙수기로 얼음 내리는 법도 모른다고요.

그길로 동네 마트로 달려가 얼음과 우유를 사 왔다. 엄마에게도 일말의 준비성이라는 게 있는지, 30만 원짜리 빙수기가 음료 코너에 놓여 있었다. 냉장고에는 미리 삶아둔 국산 팥과 방앗간에서 빻아 온 콩가루가 있었다.

이제 어떻게 할까. 팥빙수 전문점에서 먹어본 맛을 복기해본다. 우유를 살짝 얼린다. 얼음은 눈꽃 결정체가 보일 정도로 곱게 갈아 우유와 섞는다. 이때 우유의 양을 더 많이 해야 고소하고 맛있다. 이 둘이 준비됐다면 그릇에 보기 좋게 담은 뒤, 콩가루를 뿌리고 삶은 팥을 잔뜩 얹는다. 어려울 것 같지 않다.

하지만 막상 만들어 먹으려니, 우유의 양이 턱없이 부족하다. 팥빙수 한 그릇에 우유 한 팩은 족히 들어가야 할 것 같다. 얼음도 눈꽃 결정체는커녕 조각칼로 큰 얼음덩이를 깨부순 것 같다. 우유와 닿으면 금방 녹아버리고 만다. 팥빙수의 모든 재료를 섞으니 죽이 되고 말았다. 큰일이다. 오늘은 팔지 말고 연구를 더 해보자.

그렇게 밥집 문을 열었다. 첫 손님은 초등학교 동창들이다. 서울 살며 가끔 만나던 동창들에게 시골에 오기 전날 밤 연락을 했더랬다. 엄마와 동네에서 밥집을 하게 됐다고. 시간 되면 놀러 오라고. 찾아와준 동창들이 눈물 나게 고마웠지만, 첫 손님치고는 인원이 많다. 예고도 없이 가족까지 대동하고 나타났다. 다 합쳐 열 명은 족히 되는 것 같다. 없는 정신에 물과 개업 떡을 내주고는 주문을 받는다. 북어칼국수, 콩국수, 소고기김밥, 팥빙수…. 온갖 메뉴를 다 시켜댄다. 울고 싶지만 태연해야 한다.

"북어칼국수 셋, 콩국수 하나, 소고기김밥 셋, 팥빙수 하나."

주문 메뉴를 전달받은 주방은 시간이 멈춘 듯 고요하다. 주방에서 우리 넷은 한참을 허둥댔다. 엄마는 면 대신 손을 삶을 것만 같았고, 김밥은 돌돌 말리지 않고 자꾸 풀어졌다. 그 와중에 제부와 나는 갈 곳을 잃고 쟁반을 든 채 엄마와 동생 뒤만 졸졸 따라다녔다. 조리 시간이 얼마나 걸렸는지는 모르겠으나, 홀 직원 입장에서는 수천 년이 흐른 것처럼 긴 시간이었다.

손님 상에 올라온 메뉴가 가관도 아니다. 북어칼국수 면은 상에 올라가지도 않았는데 북어 육수를 다 마셔버렸다. 시험 삼아 내놓은 팥빙수는 수저로 몇 번 휘저으니 팥우유가 되고 말았다. 여러 재료가 들어간 소고기김밥도 심심하니 간이 안 맞는다. 최악은, 주문한 메뉴를 다 내주지도 못한 채 손님들의 식사가 끝난 것이다.

첫 손님이 떠난 자리에 깨끗이 비워진 그릇은 하나도 없었다. 상을 치우지도 못한 채, 친구들이 건네주고 간 돈 봉투만 만지작거렸다. 엄청난 좌절감과 부끄러움에 정신이 번쩍 났다. 음식 깨나 한다는 사람이 밥집을 열면 그런대로 장사가 될 것이라는 생각은 문을 열자마자 무너지고 말았다.

누가 뭐래도
서울 사람

시골집에 내려와 밥집을 열기 전까지는 전투적으로 직장생활을 했던 것 같다. 그래도 돈은 참 시원하게 썼지. 25일. 월급날이다. 한 달 내내 아등바등하던 나에게 약간의 위로주와 맛있는 음식을 권하는 날. 점심을 먹고 나른해질 시간이 되면, 저녁 메뉴를 고민한다. 정확히는 안주 되시겠다. 피시앤칩스, 참치다다키, 가지튀김, 삼겹살…. 오늘은 비가 오니 삼겹살에 소주가 좋겠다. 금요일 밤이니 저녁을 먹고 클럽에 가도 좋겠다. 괜찮은 인디밴드 공연이 있으려나.

대개 술자리는 요즘 핫하다는 곳에서 시작해 노래방으로, 음악이 괜찮은 바로 이어진다. 흥이 나면 문 닫은 바에 남아 사장님과 술을 거덜 내기도 한다. 해가 뜰 때까지, 월급을 다 써버릴 것처럼.

밤새 놀다 집에 돌아와 옷도 못 벗고 잠든 날은 눈이 일찍 떠진다. 화장을 지우고 이를 닦고 냉장고를 연다. 새벽에 사 온 탄산수 두 병과 지난 주말에 사다둔 두부 한 팩. 따뜻한 엄마 밥이 먹고 싶지만 시골집에 가긴 좀 귀찮다. 딱히 해장이 필요할 정도로 마신 것도 아니니 잠시 빈둥거리다 맥도날드에 전화를 한다.

"아메리카노 한 잔이랑 치즈버거 두 개요."

혼자 살지만 1인분을 배달해달라고 말하기는 어렵다. 음식은 따끈할 때 먹어야 제맛이지만, 저녁까지 해결할 요량으로 2인분을 시킨다. 맥딜리버리에서 배달된 아메리카노와 치즈버거를 먹으며 TV를 실컷 볼 수 있으니, 그보다 달콤한 주말 계획은 없다.

커피를 마시다, 일주일치 빨래를 세탁기에 넣었다. 여느 때처럼 돌아가는 세탁기를 넋 놓고 봤다. 이번 달의 노고를 밤새도록 날려버렸다고 생각했는데, 이상하게도 마음 한편에 찬바람이 분다.

십여 년 동안 직장생활을 하며 얻은 것은 적지 않다. 학벌이

#퇴근 #밥할체력이없다 #무엇이든시켜먹기
#햄버거와아메리카노 #TV몰아보기 #주말계획

후달려서, 자존감이 낮아서 고민하던 이십대의 나는 이제 없다. 가진 것 없이 무식한 나였지만 맨땅에 헤딩을 반복하다 보니, 직장생활을 하며 무서울 일도, 해결하지 못할 일도 이제는 없다. 두려운 것이 있다면 내가 한 일에 내가 만족하지 못한다는 것. 언제나 나의 의견이나 내가 고친 글은 나도 모르게 의심하고 만다는 것.

부족할 게 없는 날들이었다. 언제고 아무 때고 연락할 수 있는 친구, 내 말이라면 무조건 신뢰하는 후배, 나와의 소통을 누구보다도 원하는 거래처 직원. 인간관계마저도 외로울 틈이 없었다.

그럼에도 월급날이면, 좀 더 솔직히 말해서 일주일에 두세 번씩 맛있는 음식과 술을 찾고 싶은 날이면, 나의 이력에 의구심이 들곤 했다.

과연 나는… 나의 인생을 살고 있는 것일까.

이것이야말로 커리어우먼의 삶

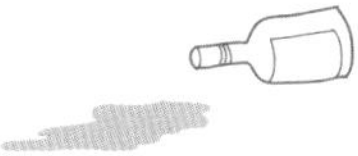

술이 안 깨 퉁퉁 부은 얼굴로 종일 일하다 퇴근하는 날이 계속됐다. 늦게까지 일하다 퇴근하면 입맛이 없다. 사실, 먹을 만한 것도 없다.

밤 열 시. 여섯 평도 안 되는 원룸으로 돌아와 신을 벗는다. 불 켜는 것도 잊은 채 외투도 벗지 않고 방에 가만히 눕는다. 맥주나 마실까.

십 분, 이십 분, 한 시간, 두 시간….

하루를 돌아본다. 낮에는 전화와 메일, 외근 등으로 끝없이 누군가와 소통해야 했고, 해 질 무렵이 되어서야 조용한 사무실에 앉아 원고 수정에 집중했다. 상사와의 충돌에도 당당하게 내 의견을 말할 만한 연차가 되었다고 생각하니 출간 일정이나 편집 방향, 거래처 관리, 후배 건사 등 신경 쓰고 챙겨가며 잔소리하고 항의할 일이 한두 가지가 아니다. 하지만 나름의 노하우도 생기고 뭔가를 만들어낸다는 보람도 느껴 회사에 몇 시간을 있든 고단하지 않았다. 아, 이것이야말로 커리어우먼의 삶인가! 이런 나의 삶이 조금은 감탄스럽기도 했다.

다음 날도 여느 날과 다름없이 퉁퉁 부은 얼굴로 출근해 믹스커피를 들이켜고, 전화와 메일로 급한 업무를 처리했으며, 서둘러 자료를 준비해 회의에 들어갔다. 자료에는 출간일이 미뤄진 원고에 대한 내용이 있었고, 나는 그 내용을 보고하며 이유를 줄줄이 읊었다. 그러던 중 대표가 말을 끊었다. 큰일이다. 얼굴빛이 어둡다.

"출간일을 자꾸 미루면 어떻게 합니까? 많이 참고 기다렸다고 생각했는데, 얼마나 더 참아줘야 하는 거예요?"

다른 직원들도 있는데…. 일하는 사람이 그릇도 깨는 법이라고 말하던 너그러운 사람은 어디로 간 건가. 시의성을 생각해 도서 출간을 서두르는 대표와 출간일을 조금 미루더라도 책을 더 꼼꼼히 만들고 싶은 내가 부딪힌 건 하루 이틀 일이 아니었다.

편집을 하면서 문장을 만지는 일은 늘 조심스럽고 신중할 수밖에 없었다. 프로 글쟁이가 쓴 글을 만지는 게 아니다 보니 손볼 문장도 적지 않았다. 저자와 소통할 일이 많았고, 따로 직장에 다니는 저자도 피드백을 빨리 해줄 수가 없었다. 그러거나 말거나 시간은 속절없이 흐르기만 했다.

이렇게 대표에게 말하고 싶었지만 결국 아무 말도 하지 못했다. 구구절절 말한다 한들 회사 매출이 나아지는 것도 아니었다. 그냥 그건 내 문제였고 대표는 대표의 문제가 있었다. 생각해보면 책 한 권을 완전하게 만들고자 하는 내 성향을 대표가 많이 참아준 것도 사실이었다. 사무실로 출근한 대표가 내 앞에서 한참을 서성이다 목구멍까지 올라온 궁금증을 꾹꾹 누르며 돌아서던 모습을 한두 번 본 게 아니었으니까.

그런데도 그날은 도저히 참을 수가 없었다. 내 생활도 없이 회사를 위해 돈을 쓰고 밥을 먹고 잠을 자고 술을 마시고 책을 읽던 내가 대표의 한마디에 순식간에 무너졌다. 보람? 커리어우먼? 다 때려치우고 싶은 마음뿐이었다. 내 의견을 말할 연차가 되었다고 자부하던 게 지난밤인데, 닭똥 같은 눈물이 뚝뚝 흘러 아무 말도 못하고 앉아만 있었다.

결전의 순간은 불현듯 온다

회의가 끝나고 옥상에 올라가 숨을 돌렸다. 엄마에게 전화를 했다.

"더 이상은 못하겠어. 나 내려갈래."

"…."

"밥집이나 할까?"

"그래. 둘이 하면 밥이야 굶겠냐?"

"어???"

시골 동네에서 자그마한 밥집을 운영해보고 싶다던 엄마의 말이 기억났을 뿐 뭔가를 기대하고 전화한 건 아니었다. 다만,

딸이 회사를 그만두고 시골에 내려가 엄마와 밥집을 차리는 건 어떻게 생각하는지 교양 있는 효녀처럼 차근차근 상의하고 싶었다. 우리는 외국에 나가 일하던 아빠의 빈자리를 서로 메워주며 사이좋게 지내던, 비밀 없는 모녀 사이였다. 회사에 엄마 같은 상사가 있으면 좋겠다는 생각을 해본 적도 있다. 가족끼리 동업하다 싸움 났다는 이야기는 먼 나라 이야기였다. 그래도 이런 식으로 밥벌이를 결정하다니 좀 성급한 것 같은데.

화가 나 대충 내뱉은 말에 엄마가 오케이를 해버렸으니 이를 어쩌나 싶었지만, 어쩌긴 어째. 그 길로 사무실에 내려가 상사에게 퇴직 의사를 밝혔다. 상사는 며칠 생각해보고 다시 이야기하자며 타일렀다. 고생해서 브랜드 이미지 만들어놨는데 그만두면 서로 손해지 않느냐며. 그러나 그건 상사의 생각.

자주 만나던 동종 업계 친구들에게 저녁에 보자는 연락을 했다. 오늘은 노래방에 갈 일도, 대로변을 달릴 일도, 술에 취해 엉엉 울어버릴 일도 없을 것이다. 내친김에 원룸 주인에게도 전화해 방을 빼고 싶다고 말했다. 그야말로 속전속결. 마치 내 삶은 이렇게 흘러가도록 내정돼 있다는 듯이.

"나…. 회사 그만두고 내려갈 거야."

매월 같은 날 따박따박 통장에 꽂히는 월급이, 홍청망청 먹고 마시며 주변 사람 신경 쓰지 않는 도시생활이 발목을 잡지만,

어쩐 일인지 입은 여기저기에 쉴 새 없이 나불거린다. 시골에 내려가 엄마와 밥집을 차려 한가로이 사람 구경이나 하며 살 계획이다. 지긋지긋한 출퇴근도, 마감 압박도 없는 세상에서 따뜻한 엄마 밥 먹으며 혼자만의 시간을 많이 가질 것이다. 장사가 엄청 잘 되면 책이나 하나 써버릴까, 농담처럼 말한다.

친구들과 한참을 떠들다 술에 취한 채 집에 돌아와 베란다로 나갔다. 서울의 야경을 본다. 딱히 목이 마르거나 술을 더 마시고 싶은 건 아니지만, 신파 드라마의 주인공이나 되는 듯 냉장고에서 맥주를 꺼내 벌컥벌컥 마셨다. 서울에서 직장생활을 하며 성공을 꿈꾸진 않았지만, 시골에 내려가겠다고 결정하고 나니 사막에 홀로 남은 패잔병이 된 것만 같아 씁쓸하다.

이대로 서울을, 직장생활을 끝내고 싶지 않은 마음이 저 밑바닥에서 둥둥 떠다닌다. 과연 나는 시골생활을 견뎌낼 수 있을까. 내가 원하던 삶이, 이 지구를 겉돌듯 둥둥 떠다니던 내 두 발이 시골에 내려가면 제자리를 찾을 수 있을까. 쉬이 잠이 오지 않아 맥주 한 캔을 더 땄다.

그래서 나는, 오늘 불쑥 내지른 내 말을 어떻게 수습할 수 있을까.

내 가게는
내 손으로 꾸미겠어요

평일에는 서울생활을 정리하고, 주말에는 시골생활을 준비한다. 막상 정리하려고 드니, 십여 년의 생활이 무색할 정도로 정리할 것이 없다. 회사에서 진행하던 일을 시골집에 내려가 마무리하기로 한 정도. 원룸은 예상보다 빨리 나가지 않아 일단 두고 내려가기로 한다. 시골 동네에 원룸을 구하면 짐만 빼도록 하자.

주말에는 집에 내려가 집에서 걸어 다닐 수 있는 거리로 밥집을 알아본다. 엄마가 평일에 밥집을 봐두면 주말에 내려가 확인한다. 정화조가 제대로 들어가 있지 않아서, 너무 낡아서, 너무 어두워서 등의 이유로 마음에 드는 밥집을 찾기 어렵다.

그렇게 몇 주를 고심하다 보증금 1000만 원에 월세 40만 원인 밥집을 계약했다. 권리금은 1000만 원. 3년 된 건물이라 깨끗했고, 주차 공간도 넓었다. 버스가 정류하는 곳이라 자리도 나쁘지 않다. 홀 크기도 20석 정도로 적당하다. 빚을 지는 건 싫지만, 모아둔 돈도 다 떨어진 터라 보증금과 권리금은 대출받기로 한다.

멋스러운 밥집을 만들고 싶지만, 자본금이 없는 상태에서 인테리어 업체에 돈을 주며 일을 부탁할 순 없다. 페인트 칠만 엄마 아는 분에게 부탁드렸고, 나머지는 우리가 알아서 꾸미기로 한다. 고맙게도 같은 회사에서 일하던 디자이너가 발 벗고 나서줬다. 디자이너는 몇 날 며칠 밤을 작업해 숲속에서 아이들이 맛있는 음식을 먹는 그림으로 밥집 전체를 밝고 생기 넘치게 만들어주었다.

"뭐 그리나 봐?"

"네."

"거기 그런 거 파는 거야?"

"네, 식당 메뉴예요."

디자이너가 밥집 앞에서 그림을 그리던 중이었다. 어느 집에서 밥을 먹고 나와 담배를 피우던 아저씨 둘이 우리에게 다가와 말을 건다. 봄이지만 꽤 덥다 싶어 짧은 바지에 속옷이 비치는 티셔츠를 아무 생각 없이 걸치고 나간 차였다. 그림을 지켜보며 아저씨들의 질문에 별생각 없이 대답하다 돌아보니 눈빛들이 아주 별로다. 이 동네 밥집에서는 젊은 사람을 찾아보기 힘들다. 젊은 여자는 더더욱.

그런 동네에서 옷차림을 신경 쓰지 못한 나에게 조금 짜증이 난다. 아저씨들에게 바로 쏘아붙이고 싶다. 하지만 장사를 하려면, 개업 전부터 분란을 만들 필요는 없다. 책 좀 만들던 시절에는 성희롱이니 페미니즘이니 하는 것들을 들먹이며 술 취한 아저씨들을 쥐 잡듯 잡은 적도 있지만, 이제 그런 건 다 남의 나라 얘기다.

밥집을 꾸미는 일은 계속된다. 가게 분위기에 맞춰 사야 할 것이 한둘이 아니었다. 인터넷을 뒤지고 또 뒤져서 한 세트에 십여만 원 하는 식탁과 의자를 샀다. 밝은 빛깔의 나무 재질로 골랐다.

그릇도 일반 식당에서 쓰는 멜라민 소재는 싫다. 읍내 대형 마트에 나가 집에서 쓰는 그릇들 중 제일 싸고 단순한 디자인의 그릇을 고른다. 서울 도매시장에서 고르는 게 좋겠지만, 주말에 시골에 내려와 이런저런 일을 처리해야 하는 나에게 서울 도매

시장을 헤매고 다닐 여유는 없다. 밥 한 끼를 대접해도 조금은 집에서 먹는 느낌을 내고 싶다. 그릇도 없이 봉투째 뜯어 후루룩 먹어버리는 한 끼에는 질릴 만큼 질렸으니까.

커피를 내려주는 것도 좋겠다. 엄마에게는 바리스타 자격증이 있다. 가게에서 커피도 팔아보고 싶다고 엄마는 말했다. 작년에 커피 박람회에 가서 열심히 사댔던 커피 도구들도 집에 그대로 있다. 그렇다면 제일 잘 보이는 이 선반을 커피 만드는 곳으로 세팅하자. 길 가던 사람들이 커피 내리는 향기에, 드립 커피를 만드는 모습에 잠시 머뭇거리게 될 것이다.

페인트 냄새 나는 밥집에 앉아 채워지지 않은 공간들을 본다. 밥집을 열겠다고 결심한 후, 시장 조사도 없이 메뉴에 대한 고민도 없이 이렇게 개업 준비를 해도 되는 건가 하는 걱정이 불현듯 스친다. 음식은 엄마 담당이기에 메뉴 선정을 부탁했다. 여기저기 조언을 구하던 엄마는 북어칼국수, 비빔국수, 콩국수, 콩나물 북엇국, 소고기김밥, 드립커피, 팥빙수를 메뉴로 내걸겠다고 한다.

"이유? 글쎄… 이 동네에는 그런 것들이 없으니까. 다른 아줌마들이 이런 것들을 팔아주면 좋겠다고 말했으니까."

뭐 그렇다면 나도 이의를 제기할 생각은 없다. 두서없고 아닌 것 같긴 하지만, 엄마 음식은 무조건 맛있으니 크게 걱정할 필요는 없다. 분명 그럴듯한 요리로 온 동네 사람들을 깜짝 놀라게 할 것이다.

헬게이트가 열리는 줄도 모르고 얼씨구, 절씨구, 어절씨구.
(이제와 말이지만 이때가 제일 설레고 즐거웠다는 건 엄마에게 비밀.)

단무지 없는
김밥이라니요

소자본 창업 관련 책을 만드는 출판사에 다닌 적이 있다. 사장은 미국에서 경영학을 공부한 사람이었고, 우리는 매주 한 권씩 창업 관련 책을 읽고 발표하는, 스터디 비슷한 것을 했다. 창업 관련 책은 주로 창업에 성공한 사람들이 쓴다. 이 저자군은 전문 필자가 아니기 때문에 기본적으로 가지고 있는 생각이나 아이디어는 뛰어나지만, 편집자들이 글을 잘 읽히게 만들어주어야 한다.

그런 상황에서 편집자들이 창업 관련 이론을 공부해야 하는 것은 당연했다. 그러나 나는 그 시간이 이해되지 않았다. 근무 외 시간에 책을 읽고 페이퍼를 써서 발표까지 하다니. 근무 일

과만으로도 벅찼기에 퇴근 후 친구들과 노느라 가끔 책을 읽지 않았고, 페이퍼도 준비하지 않았다.

출판사에 입사하기 전에 사장이 혹시 창업할 생각 있냐고 물은 적이 있다. 시골에 내려가 작은 도서관이나 북카페를 만들어 사람들이 책과 소통하게 할 수 있는 장소를 만들고 싶다고 가감 없이 답했다. 그때 흡족해하던 사장의 표정이란. 하지만 페이퍼를 준비해 가지 않는 일이 반복되자, 사장은 화가 났는지 한마디 했다.

"그런 자세로 창업할 생각 절대로 하지 마. 너 같은 사람은 장사하면 안 돼!!!"

그때 그 사장의 말이 개업 첫날, 첫 손님을 받은 후 내 머릿속을 후려쳤다. 밥집을 운영한다는 것은 친한 친구에게 밥 한 끼 만들어 대접하는 일이 아니다. 똑같은 메뉴를 만들고 또 만들어 먹으며 맛을 평가하고 잘못된 것을 시정하는 시간이 필요하다.

집에서 하던 요리도 집이 아닌 곳에서 하면 맛이 전혀 달라진다. 화력, 그릇, 재료, 재료 양에 따라 똑같은 방법으로 만든 음식이 엄청 짜지기도 하고, 엄청 싱거워지기도 하고, 심하게는 음식이 아닌 꿀이 되기도 한다.

게다가 우리는 한 가지 음식만 만드는 것도 아니다. 북어칼국수를 만들며 비빔국수 소면을 따로 삶아야 하고, 믹서로 콩국물을 갈며 김밥을 싸야 한다.

하지만 개업은 했고, 손님은 들어오기 시작하니 장사를 멈출 수는 없다.

"팥빙수 양이 너무 적고 들은 게 없네요."

"이 집 김밥에는 원래 단무지 안 들어가요?"

그날 우리는 손님의 불만에 고개 숙여 사과하며 팥빙수 값을 돌려줘야 했다. 단무지 빠진 김밥도 네 줄이나 팔았다. 믹서 뚜껑을 제대로 닫지 않고 콩국물을 갈아 주방 뒤 베란다는 엉망이 되었다. 주방에서는 사인이 맞지 않아 큰소리가 몇 번이나 났다.

긴 하루가 끝났다. 직원들끼리 모여 오늘 장사에 대해 이야기하고 개선점도 찾아야 했지만 오늘은 일단 집으로 간다. 배도 고프지 않다. 온갖 피로가 몰려와 원룸으로 가길 포기하고 엄마 옆에 누웠다. 엄청난 두려움과 고민들이 머릿속을 휘젓는다. 엄마도 잠들지 못하는 듯하다.

지금이라도 도망갈까. 회사에 연락해 죽을죄를 지었으니 다시 받아달라고 사정해볼까. 서울 원룸은 아직 안 나갔으니 슬쩍 올라가볼까. 동생도 있고 제부도 있는데 아무 도움 안 되는 내가 굳이 밥집에 있을 필요는 없는 것 같다. 한참을 뒤척이다 밖으로 나갔다. 슈퍼에서 맥주 두 캔을 샀다. 근처 초등학교 운동장으로 가 계단에 앉았다.

늘 마시던 맥주가 오늘은 쓰다. 중학교 때 친구들이랑 이곳에서 몰래 마시던 맥주는 엄청 시원했는데.

너도 나도 맛 평가단

요즘, 음식 관련 프로그램이 참 많다. 텔레비전만 켜면 나온다. 음식 만들기, 연예인 냉장고 들여다보기, 맛집 탐방, 양심 음식점 찾기…. 먹는 걸 즐기는 나로서는 이런 프로그램을 누구보다 환영한다. 아무 생각 없이 웃고 즐기기에 좋고, 운이 좋으면 괜찮은 맛집을 건지거나, 맛있게 먹는 팁을 건지기도 한다.

밥집을 열고 보니 음식 관련 프로그램의 인기를 실감할 수 있었다. 이런 유의 프로그램을 즐기는 건 나만이 아니었다. 우리 가게를 찾는 모든 손님이 평가단이다. 맵다, 짜다, 달다 같은 말은 하지도 않는다. 어디서들 공부했는지 가게 아웃테리어까지 평가한다. 가게 앞이 너무 썰렁하니 음식 메뉴 들어간 사진을

창에 크게 붙이라는 둥, 여기에 뭘 더 넣으면 맛이 좋아진다는 둥, 옆 동네 어느 집에 같은 메뉴가 있는데 거기 가서 먹어보라는 둥. 열정이 넘치는 어느 손님은 자신이 하루 내 캔 바지락을 양동이채 들고 와 칼국수에 이걸 넣으면 맛이 좋다며 주방으로 진입을 시도하기도 했다.

이쯤은 양반이다. 조금 친하다 싶은 손님들은 우리 가게가 걱정돼 아무것도 못하겠는지 온갖 메뉴를 추천하고 나선다. 돼지국밥, 감자탕, 김밥 전문점, 콩나물국밥, 곱창전골, 냉면. 이 지역에 있는 맛집 이름도 등장한다.

손님들 말대로라면, 일주일에 한 번씩 메뉴를 바꿔도 시원찮다. 이런 분들은 대부분 엄마와 매일 얼굴 맞대며 이십여 년을 함께 지내온 동네분들이다. 내가 사고 치며 꼴통같이 구는 것도 다 지켜본 분들이다.

그들이 떠올리는 엄마는 장사를 하던 사람이 아니다. 부족함 없이 돈 쓰며 양손 가득 쇼핑백을 들고 읍내를 돌아다니던 사람이었다. 귀한 식재료를 구하면 음식을 만들어 여기저기 퍼주고 다니던 사람이었다. 큰 변화 없는 시골 동네에 엄마의 장사 소식은 엄청난 논란거리일 수밖에 없다. 아니, 걱정거리라고 표현하는 게 더 맞겠다.

"으이구, 이래서 장사 되겄어?"

"밖에서 보믄 문 연지도 모른대니께."

"놀기 뭐하니께 장사하나 벼."

개업 후 한 달. 있는 멘탈, 없는 멘탈 탈탈 털리고 나니, 남은 건 바닥을 친 자존감뿐이다. 제부는 열심히 구직활동을 한 끝에 자기 자리를 찾아 떠났고, 남편이 직장생활을 시작한 동생은 어린 조카를 돌보느라 오랜 시간 가게를 봐줄 수 없게 되었다. 팥빙수도 개업 날 이후 메뉴판에서 슬그머니 사라졌다.

요리 잘하는 엄마도 이제 없다. 정신없이 어딘가로 끌려가듯 한 달을 보내고, 손님들의 말을 생각한다. 말 없는 모녀가 겁먹은 송아지 같은 눈으로 밥집을 지키고 있으니 손님들이 이런저런 말을 던지기에는 최고다.

그렇게만 생각하고 넘기기엔 많은 숙제가 남았다. 밥집을 계속할 생각이라면 이대로는 안 된다.

잘 먹었습니다

일단 메뉴를 손봐야 했다. 엄마가 잘 만들 수 있는 음식이 뭘까? 사람들이 좋아하는 음식이 뭘까? 가게에 손님이 없으니 시간이 나면 맛있다는 집에 가 밥을 먹었다. 그렇게 맛있지도 않은데, 사람들이 이런 맛을 좋아하는 건가. 그제야 창업 관련 출판사에 다니며 읽었던 책들이 조금씩 떠올랐다.

주 고객층은 누구인가?

고객의 니즈는 무엇인가?

캐시카우는 있는가?

블루오션은 무엇인가?

선택과 집중을 적절히 했는가?

우리의 장점은 무엇인가?

이 동네는 농어촌으로 이루어져 있으며, 근처에 큰 회사가 있어 회사 직원들과 하도업체 일용직들을 쉽게 볼 수 있다. 땀 흘려 일하는 사람이 많으니 고기 메뉴가 필요하다. 엄마는 고기의 잡냄새를 잘 잡는다. 외식이 익숙하지 않은 시골사람들에게는 싸고 맛 좋고 양 많은 음식이 제일이다. 근처 음식점에서 팔지 않는 음식을 팔아야 한다. 엄마와 딸이 밥집을 하니 술 손님은 거의 없다. 그렇다면 안주류보다는 식사류를 늘려야 한다. 무엇보다 조미료 범벅인 바깥 음식에 질린 사람들에게 건강한 음식을 정성껏 만들어 대접하고 싶다.

여러 가지 판단 끝에 제육쌈밥이 첫 번째 새 메뉴가 되었다. 제육볶음과 된장찌개, 쌈채소와 흰쌀밥 한 공기가 모두 합해 만 원.

가게에 그림을 그려준 친구에게 전화를 해 포스터 디자인을 부탁한다. 가게에 그림을 그려주었을 때도 못 챙겨줬는데, 이번에도 챙겨주지 못하게 됐다. 대신 우리 집에 오면 모든 메뉴는 공짜. 그래도 노동에 대한 정당한 대가를 치르지 못하는 건 미안하다. 친구는 부탁에 흔쾌히 응해주었다. 일주일 후 노란 바탕에 귀여운 그림이 들어간 포스터가 도착했다. 새 메뉴는 개시도 안 했는데, 포스터만 보아도 뿌듯하다.

절망의 구렁텅이에서 아주 조금은 벗어난 것 같다. 다행스럽게도 새 메뉴는 인기가 좋다. 가게를 열고 처음으로 음식이 맛있다는 소리를 들었다. 감격스러운 순간이다. 음식이 맛있다는 말을 하고 나가는 손님에게 절이라도 할 판이다. 엄마와 나는 그날, 종일 그 손님 얘기만 했다. 바닥을 친 자존감이 아주 조금 떠올랐다.

처음의 절망감을 잊을 수 없었던 엄마는 이후 음식 연구에 몰두했다. 음식 관련 프로그램을 보며 컴컴한 방에 앉아 한참을 끄적였다. 인터넷을 뒤져가며 온갖 요리법을 읽기도 했다.

최악은 면했지만 여전히 손님 없는 밥집 홀을 보며 새 메뉴를 고민했다. 엄마가 잘하는 음식이 뭐더라. 뭘 제일 맛있게 먹었더라. 서울생활하며 어떤 음식이 제일 그리웠더라.

그렇게 두 번째 메뉴인 국물떡볶이가 등장했다. 새 메뉴에 탄력을 받은 가게에는 시래기 고등어찜이, 갈비찜이, 김치찌개가, 닭볶음탕이 연이어 등장했다. 따뜻한 밥을 정성껏 대접하고 싶은 엄마와 정신없는 걸 싫어하는 나를 위해 식사 메뉴는 예약제로 운영한다. 손님이 전화로 방문 시간과 메뉴를 말해주면, 그 시간에 바로 따뜻한 밥을 먹을 수 있도록 모든 세팅을 마친다. 맛 평가단은 다른 개업 식당으로 갔는지 이제는 보이지 않는다.

"잘 먹었습니다."

"다음엔 다른 거 먹으러 올게요."

"이렇게 퍼주시면 뭐가 남겠어요?"

맛있게 밥을 먹고 잘 먹었다며 인사를 하고 나가는 손님이 있으면, 엄마와 나는 시야에서 그가 사라질 때까지 한참을 본다. 우리 밥집에서 밥을 먹고 나가면서 조금은 너그러운 마음이 되기를, 다음 끼니때가 될 때까지 배 속이 따뜻하기를, 속상한 일이 있어도 밥심으로 이겨내기를 조용히 바란다.

#맛있게드셔 #이렇게퍼주면뭐가남아요?
#뭐든남겠죠 #보람이라도 #주문은예약으로
#자신감넘치는예약제식당 #맛과정성은보장함

내 방 한 칸이
갖고 싶었을 뿐이오

나에게는 세 살 터울의 여동생이 하나 있다. 내가 서울에서 생활하는 동안, 동생은 일본에서 생활했다. 느릿느릿 소처럼 걷는 것도 모자라 일도 소처럼 하던 나와 달리, 어릴 때부터 영리하고 재빠르던 동생은 영리하게 한 남자를 길들여 재빨리 시집도 가고 아이도 낳았다. 그런 동생네 가족이 부모님과 함께 살겠다는 의사를 먼저 전해왔고, 나도 후발대로 내려왔다.

시골로 내려가 살기로 한 후, 가게보다 원룸을 먼저 계약했더랬다. 부모님 집으로 들어갈 것인지에 대한 고민은 1도 하지 않았다. 한 집에서 대가족이 복작거리며 산다는 건 상상만으로도 피곤했다. 대낮에 와인을 병째 깔 수도 없고, 샤워 후에 맨몸으로 돌아다닐 수도 없고, 술에 취해 방에 누워 노래를 부를 수도 없고, 빨랫감을 산더미처럼 쌓아놓을 수도 없는 생활이라니. 종일 한 공간에서 일하고 함께 자야 한다니. 무엇보다 한밤중에 사부작거려야 하는 저녁형 인간으로서 아침형 인간들의 재잘거림을 견뎌낼 생각을 하니, 피곤하기부터 했다. 도대체가 매력이라고는 찾아볼 수가 없는 생활을 할 이유가 없었다. (사실, 내가 집에 들어가는 걸 반길 사람도 없었다.)

서울에서 막 내려왔을 때는 수중에 돈이 조금 있었다. 그래봐야 일이백이지만. 부모님 집 근처에 원룸을 알아보니 보증금 없이 30~40만 원이면 방을 얻을 수 있었다. 서울에서는 보증금 2000만 원에 월세 44만 원을 내고 여섯 평짜리 관에서 살았는데, 시골에 오니 열 평도 넘을 것 같은 풀옵션 1.5룸을 보증금 없이 들어갈 수 있었다. 아하하하. 기뻐서 담배 냄새와 하수도 냄새가 엄청 나는 것도 모르고 계약부터 했다. 서울 친구들에게 연락해 큰 방을 얻었으니, 주말에 싹 다 놀러 오라고 신신당부도 했다.

며칠 동안 청소도 하고 묵은 짐도 싹 정리했다. 먼지 대잔치를 해 제법 집 같은 집이 되었지만, 막상 원룸에 들어가려니 발

길이 쉬 옮겨지지 않았다. 창문을 닫고 에어컨을 틀면 담배 냄새와 하수도 냄새가 밤새 춤을 추었다.

가게 일이 끝나면 자연스레 부모님 집에서 저녁을 먹었고, 거실에 누워서 텔레비전을 조금 보다 잠이 들었다. 밥집을 처음 열고 적응하기에 바빠, 밥집 밖에서 삶이 거의 존재하지 않던 때였다. 원룸은 어느새 아침에 화장품을 찍어 바를 때나 여행에 필요한 짐을 쌀 때, 책을 보관할 때 들르는 곳이 되어 있었다.

그렇다. 돈 지랄은 이렇게 하는 거다. 그렇게 석 달 정도 돈 지랄을 하고 나니, 정신이 살짝 들었다. 동생네 가족도 정신이 났는지 근처 빌라에 독립해 살겠다고 했다.

몇 년 전, 갑작스러운 혈관질환으로 직장생활을 정리하게 된 아빠와의 생계를 위해 엄마는 과감하게 장사를 결심했다. 하지만 일을 하며 시한폭탄 같은 혈관을 가진 아빠를 자주 들여다보기란 쉬운 일이 아니었다. 그래서 사람이 그리워 한국으로 돌아오고 싶어 하던 동생네 가족이 부모님과 함께 살기를 결심한 것이었다.

굳은 결심이 있었겠지만, 오랜 시간 따로 지내온 두 가족이 함께 사는 건 역시 쉽지 않았다. 그렇게 동생네 가족은 독립을 했고, 돈이 떨어진 나는 부모님 집으로 들어갔다. 가게 일을 마치고 아주 오랜만에 내 방에 들어와 누웠다. 작고 아늑한 한 평짜리 방이 예전 모습 그대로 나를 반겨주었다. 10년 전에 내 피를 빨아 먹다 배 터져 죽은 모기의 핏자국까지도.

+ 말 나온 김에 마저 하자면, 그 후로 두 개의 원룸에서 두 번의 돈지랄을 같은 순서대로 했다. 이유? 글쎄. 저녁형 인간의 가족 일탈법이랄까. 물론 지금은 다시 한 평짜리 내 방이다. 그리고 여전히 또 다른 원룸에서의 돈 지랄을 꿈꾸고 있다. 호시탐탐.

소주는
린이지

시골에 내려와 방을 얻고 밥집을 오픈하며 정신없이 한 달을 지냈다. 이번 달 달력을 찢다 문득 동창들 생각이 났다. 개업식에 와서 다 식은 칼국수를 먹고 간 친구들은 잘 있으려나. 만나자고 해볼까, 하다 미안한 마음이 남아 그만두었다. 일을 마치고 집에 들어가면 바로 곯아떨어지기 일쑤였다. 도시의 화려한 밤이라든가, 친구들과의 시끌벅적한 술자리 같은 것을 그리워할 겨를이 없었다.

그래도… 문자라도 해볼까. 서울에 올라가기 전에는 자주 만났던 친구들이다. 일주일에 두세 번. 비가 오면 비가 와서 한잔하고, 우울하면 우울해서 한잔했다. 각자 사는 모습은 달랐지만, 하루 일을 끝내고 모여 앉아 술을 마시며 하는 얘기들은 어릴 때와 다른 것이 없었다. 편의점 앞에 앉아 한참을 낄낄거리다 동네 사람들에게 욕을 먹기도 했고, 노래방에서 발광을 하다가 기계가 넘어지는 참사를 함께 겪기도 했다. 하, 전화만 만지작거리고 있는데 친구에게 전화가 왔다.

"저녁에 삼겹살 먹을 건데 나올래?"

"좋지. 어디로 가면 돼?"

친구의 전화에 '파블로프의 개'처럼 단숨에 답했다. 한 달 만에 보는 친구들이다. 울라울라, 울라울라. 의자 위에 올라가 지난 달 달력을 찢다 신이 나 덩실거리고 말았다. 점심 장사를 마치고 집에 와 음식 냄새가 밴 머리를 감고 화장을 다시 했다. 잘 보이기 위해서라기보다는, 한 달 만에 외출하면서 음식 냄새 풍기며 후줄근한 옷을 입고 싶지는 않았달까.

룰루랄라. 준비를 마치고 친구 부모님네 횟집으로 갔다. 그 횟집으로 말할 것 같으면, 탁 트인 바다가 전면에 보이고 싱싱한 횟감이 언제나 팔딱거리는, 그야말로 진짜 횟집이다.

"어머님, 안녕하세요."

"아이고, 어쩐 일이?"

"엄마가 식당 개업하셔서 도우려고 왔어요."

"너는 니 일 하지 뭐 하러 왔댜."

"애들은 어디 있어요?"

딱히 틀린 말은 아니지만, 답할 말이 없어 대화를 급히 맺었다. 그나저나 잊지말자. 오늘의 주인공은 삼겹살이다. 우리는 횟집 앞 바닷가에 상을 차렸다. 해가 뉘엿뉘엿 넘어가고 있었고, 고기가 노릇노릇 익고 있었다. 짝으로 가져온 술병을 만지작거리며 친구가 말했다.

"한 쌈 하자. 뭐 마실 거야?"

"음… 참이슬???"

"에이, 소주는 린이지."

그럼 그냥 처음부터 린 먹으라고 하지 왜 물어본 거야? 그건 그렇고. 서울사람 놀이에 심취해, 충남 소주 '린'을 한동안 잊고 있었다. 동창들과 모여 술을 마실 때면, 늘 린이었다. 가슴 끓는 애향심 같은 건 아니고. 그냥 술이 빨리 깨고, 숙취가 없는 것 같은 느낌적 느낌이랄까.

꼴, 꼴, 꼴, 꼴.

소주의 첫 잔을 따를 때 나는 소리가 바닷가에 청명하게 울렸다. 오늘의 삼겹살 멤버는 나에게 전화를 한 주선자 수호와 나,

그의 매제, 또 다른 동창 상현이와 그의 회사 후배, 그들의 친구로 보이는 어떤 이. 이렇게 여섯이었다. 낯선 이와 술자리를 시작하기 전에 통성명을 하는 것은 인지상정. 날이 어두워 서로를 못 알아볼 지경이 되기 전에 낯선 이를 소개받았다.

"현수는 작년에 이 동네로 왔는데 배 엔진을 고쳐."

"아… 안녕하세요. 전 얘네 초중학교 동창입니다."

동네 친구들을 직업으로 소개하자면, 물고기를 잡는 아이도 있고, 슈퍼를 하며 좌대를 운영하는 아이도 있고, 회사에 다니는 아이도 있다. 오늘부터는 여기에 배 엔진을 고치는 아이도 합류. 신기한 건 상현이가 데려온 회사 후배가 현수 어릴 때 살던 집의 윗집에 살았다는 것. 더 신기한 건 그걸 오늘에야 알게 됐다는 것. 그리고 그들은 모두 짝이 있다는 것. 그렇다면 내가 여기에 온 목적은 어디까지나 음식과 술이 되어야만 한다.

좀처럼 낯을 가리지 않는 나는, 아는 남자들과 낯선 남자들 틈에 끼어 열심히 고기를 먹고 술을 마셨다. 친구의 친구들이라 그런지 대화하는 데에 큰 어려움은 없었다. 그렇게 부어라 마셔라 린을 마시고, 근처 술집에서 맥주로 입가심을 했다.

"잘 가."

"조심히 들어가고, 다른 애들이랑도 봐야지."

"좋지. 또 불러줘."

"이번엔 니가 불러!"

"알겠네."

오랜만의 외출은 그렇게 술 냄새 풀풀 풍기며 끝이 났다. 이불도 안 덮고 방에 눕자, 나도 모르게 스르르 미소가 떠올랐다. 엠티 온 것처럼 야외에서 고기를 구워 먹으니 그야말로 꿀맛이었다. 드넓은 바다에 우리만 있으니, 옆 테이블 떠드는 소리에 신경질 낼 필요도 없었다. 영혼까지 풍족해지는 술자리였다. 아주 오랜만에 풍류에 취해 미소를 지으며 잠이 들었다.

버스는 혼자만의 시간을 싣고

"갔다 올게."

점심 장사를 마치고 읍내에 가기 위해 버스정류장으로 향했다. 정류장이라고 해봐야 버스 그림이 있는 작은 표지판 하나가 전부인데, 가게에서 길만 건너면 바로다. 버스를 기다리며 가게를 건너다봤다. 손님도 없는데 엄마 혼자 오종종 바쁘게 움직인다. 엄마가 뭘 하는지 알아챌 새도 없이 버스가 온다. 저 멀리 구부러진 길 끝에서 동네를 가득 메울 듯, 노란 버스가 부르릉 소리를 내며 다가온다.

삑. 시골에서 버스비를 카드로 낸 건 처음이다. 급하게 나와 동전을 챙기지 못한 탓도 있지만, 시골 버스에서 카드로 버스비를 내는 일이 잘 되는지 확인해보고 싶기도 했다. 개업을 한 뒤 버스를 타고 읍내에 나갈 일이 없기도 했지만, 동네의 생김이나 어릴 때의 기억이 카드보다는 동전을 먼저 꺼내 들게 했다. 주머니 속에 동전을 넣고 달그락, 달그락 개수를 세며 버스를 기다리던 어릴 때의 설렘을 오늘은 잠시 접어두기로 한다.

버스에 타 뒷자리에 앉았다. 나이 드신 분들이 많이 이용하는 버스라 앞자리에 앉으면 몇 정거장 못 가 양보할 확률이 높다. 양보가 어려운 건 아니지만, 읍내까지는 40여 분. 간헐적 레이싱을 하는 버스에서 40여 분 동안 서 있고 싶지는 않았다. 자리에 앉아 습관적으로 가방을 뒤적였다. 이어폰, 내 이어폰이… 없다. 흠. 백 년 만에 혼자 있게 됐는데, 듣고 싶은 음악을 실컷 들을 수 있게 됐는데 아쉽다.

"아이고. 여기저기 안 아픈 디가 없어. 병원 대니다 날 샌대니께."

"그려. 나도 맨날 약만 몇 보따리씩 들고 대녀. 지겨워 죽겄어."

"그랴도 둘째 아들내미가 괌인가 오딘가에서 사 온 약 먹으니께 좀 나아. 그 전엔 아주 죽을 뻔봤어."

딱히 할 일이 없어 두리번거리는데 앞자리에 앉은 할머니들의 대화가 들렸다. 며느리가 사 온 바지를 입고 나왔는데 시원하니 좋다는 둥, 제주도 갔을 때 무릎에 좋다는 말뼈 가루를 샀는데 효과가 그만이라는 둥, 어느 집 며느리가 집을 나갔는데 시어머니 얼굴이 더 좋아졌다는 둥. 앓는 소리가 반, 이야기 소리가 반. 이야기는 두서없이, 별다른 대꾸 없이 사방팔방으로 흩어졌다.

할머니들의 대화에 자꾸만 웃음이 나 멋쩍게 차창 밖을 봤다. 초여름을 앞두고 싱싱함을 한껏 뽐내는 풀빛이 나쁘지 않았다. 어느 밭에 뭔가를 심으려고 파놓은 고랑들 뒤로 송전탑도 보였다. 마을을 지키기 위해 흙바닥에 뒹굴던 밀양 할머니들이 생각났다. 앞자리에 앉아 큰 걱정 없이 두런두런 이야기하는 저 할머니들도 평탄한 삶만 산 건 아니겠지.

서울에서는 빽빽한 지하철을 타고 이어폰을 귀에 꽂은 채, 아무 생각 없이 캄캄한 차창만 바라봤는데, 시골에 오니 버스에도 볼거리, 들을 거리가 넘쳤다.

이런저런 생각을 하다 읍내에 도착했다. 사실, 읍내에 나온 특별한 이유는 없다. 시골생활이 답답해 혼자 차를 타고 어딘가로 가고 싶었을 뿐. 버스에서 내려 큰 고민 없이 서점으로 갔다.

독자층이 다양하지 못한 서점에는 참고서가 주를 이뤘고, 베스트셀러가 일반서의 전부였다. 필요한 책이 있는 건 아니었다. 도시의 대형서점에서처럼 다양한 책을 시간 가는 줄 모르고 둘러볼 생각도 없었다. 그래도 고등학교 때부터 이 서점을 지날 때면 꼭 들렀는데, 책의 생김이 좋아서, 책장을 넘길 때의 감촉이 좋아서 십여 분 서성이다 나오곤 했다.

그렇게 오늘도 서점을 잠시 서성여 잡지 한 권을 산 다음, 동네에선 구할 수 없는, 그토록 먹고 싶던 아이스초코를 샀다. 가게로 돌아오는 버스에서 야금야금 아이스초코를 마시며 차창 밖을 봤다. 새로 산 잡지는 가방에 넣은 지 오래다. 가게에 도착하면 저녁 손님 맞을 준비와 가족들의 대화로 혼자만의 시간이 산산이 부서지겠지만, 그래도 좋다. 아이스초코 한 잔과 버스 드라이브로 혼자만의 시간을 충전했으니.

퇴직금이
통장에 스치운다

장사를 시작하고 한동안 힘들었던 건 별생각 없이 정한 메뉴 때문만은 아니었다. 기본적으로 장사를 시작할 때는, 못해도 6개월 정도는 내 주머니에 돈이 안 들어온다는 가정하에 그 시간을 버틸 만큼의 여윳돈을 준비해야 한다. 가능하다면 1년 정도를 버틸 수 있는 여윳돈을 준비하는 게 좋다. 대략 계산해보면, 2000만 원 정도가 여윳돈으로 필요하다.

그런데 우리는 그 여윳돈이 없었다. 그나마 있던 돈도 개업 준비 비용으로 쓰고 나니, 정말 아무것도 없었다. 그 상태에서 장사를 시작하니 소소하게 필요한 돈을 급하게 마련하기가 힘들었다. 주방에 필요한 기계를 들이느라 돈이 필요할 때면 주변

#뜻밖의퇴직금 #퇴직금은똑똑하게사용하기
#빌린돈갚고 #공과금내고 #세금내고
#남은돈으로 #고기파티! #수고했어오늘도

사람들에게 급전을 부탁하기도 했다. 예기치 못한 상황이 발생하면 또 돈이 필요했다. 이 세상은 온통 돈으로만 이루어진 것 같았다. 누구한테 얼마, 누구한테 얼마, 누구한테 얼마…. 은행 대출 외에도 자잘하게 갚을 돈들이 생겨났다.

"선배!"

"어라, 무슨 일이래?"

"오늘 퇴직금 입금했어요."

"그래요???"

"금액 확인해보세요."

퇴사한 회사에서 연락이 왔다. 장사하다 말고 은행으로 내달린다. 통장의 입금 내역을 확인한다. 돈을 찾아 빚진 지인들에게 갚고 싶지만, 일단 급하게 돈이 필요한 곳이 없는지, 세금을 안 낸 건 없는지, 가게에 현금이 들어갈 일은 없는지 먼저 계산해봐야 한다.

서울에 살 때 같았으면, 바로 돈 찾아서 여행을 갔을 텐데. 여행이 어렵다면 친구들 모아놓고 밤새 술이라도 한잔했을 텐데. 언제 그런 삶을 살았나 싶을 정도로 아득하다.

"그때 누구한테 얼마 빌렸다고 했지?"

메모지를 꺼내놓고 빌린 돈을 계산한다. 급하게 돈 쓸 일이 있어도 빌린 돈 먼저 갚는 게 마음이 편할 것 같다. 얼마 안 되는 돈으로 아쉬운 소리 해가며, 좋은 관계를 망쳐버릴 만큼 돈이 궁한 건 아니다. 설사, 돈이 궁하다 하더라도 나의 상황을 안타깝게 여겨 돈을 빌려준 사람에게 다음을 기약하는 건 도리가 아니다.

퇴직금으로 지인들의 돈을 갚고 세금을 내고 나니, 10만 원이 남았다. 10만 원으로는 더운 여름에 가게 일 돕느라 고생하는 가족들과 삼겹살을 사 먹었다. 맥주도 한 병 마셨다. 700여만 원이었나. 2년 반 남짓한 시간 동안 버둥거리느라 고생했다고 회사에서 준 돈을 쓰는 데는 두 시간도 걸리지 않았다.

말은 안 하지만, 엄마는 내심 미안한 눈치다. 가끔 주말에 내려와 용돈을 주면, 엄마는 애들 코 묻은 돈을 어떻게 쓰냐며 그마저도 내 주머니에 찔러 넣었다. 함께 여행을 가도 내가 교통비와 숙박비를 내면, 엄마가 식비와 기타 비용을 내는 식이었다. 다달이 월급 타는 딸에게 철철이 새 옷을 사주고 싶어 기회만 보는 사람이었다.

그 마음을 모르는 건 아니지만, 현실적으로 냉정하게 생각하면 내 돈을 안 쓰고는 버틸 수 없는 상황이다. 미안한 마음과 안타까운 마음은 나중에 돈을 많이 벌면, 그때 추억하면 된다.

그렇게 퇴직금은 하루 만에 통장을 스쳐갔다. 이제는 받을 수 있는 퇴직금도 없다. 그렇게 내 씀씀이도 조금씩 줄었다. 어떤 날인가는 빵을 사 먹으러 제과점에 갔다가 돌아 나왔다. 빵 세 개 살 돈이면 우리 가게 소고기김밥 한 줄을 산다. 소고기김밥 한 줄 팔기가 얼마나 힘든데, 그걸 선 자리에서 까먹을 수 있을까. 그런 생각을 하는 내가 기가 막히면서도 빵은 사지 않았다. 가게로 돌아와 돈통에 3000원을 넣고 소고기김밥 한 줄을 먹었다.

2장

낭만과 생존을 말하다

별빛이 쏟아지는
밤길을 걸으며

친구들과 늦도록 가게에서 술을 마셨다. 혼자 남아 유행하는 노래를 들으며 다 식은 음식을 버리고 설거지를 한다. 술자리 뒤에 남은 쓸쓸함을 혹여 들키지는 않을까, 구석구석 열심히 닦으며 흥얼흥얼, 가사도 모르는 노래들을 따라 불렀다.

가게 불을 끄고 문을 잠갔다. 돌아서며 휴대폰을 꺼내 플래시를 켰다. 친구들이 바래다준다고 했지만, 씩씩하게 혼자 가겠다고 했지만, 시골의 캄캄한 밤길은 제법 무서우니까. 누군가의 인기척을 느끼지 못할까 봐, 음악은 듣지 않기로 한다. 그렇게 생각하고 걸으니 밤길이 더욱 무섭다. 그래도 집으로 가는 길이니까 담담한 마음을 가져볼까.

바스락, 바스락. 알 수 없는 소리에 놀라 고개를 돌리니 고양이가 쓰레기봉투를 바쁘게 헤집고 있다. 무섭기도 하고 화가 나기도 한다. 저들은 왜 이 늦은 밤에 썩은 내가 진동하는 음식들을 남몰래 뒤져 먹어야만 할까.

'어흥!' 하고 소리를 칠까 고민하며 한참을 지켜보다 나를 발견한 고양이를 보고서야 발걸음을 돌린다. 썩은 음식을 먹은 고양이의 배탈 따위를 걱정하며.

느릿느릿 걷다 술자리에서 친구들과 나눈 이야기를 생각한다. 생존의 절실함에 대하여, 돈에 대하여, 욕망에 대하여, 어느 정치인에 대하여, 또 그것들을 대하는 나에 대하여. 이런저런 생각을 하기엔 집이 너무 가깝다. 사과밭을 지나며 잠시 멈췄다. 숨을 들이쉬며 안경을 꺼내 썼다. 하늘에 별이 많다. 술이 덜 깼는지 별들이 지구와 같이 빙글빙글 돌다 쏟아져 내릴 것만 같다. 어지러워 별들을 보던 눈을 달에게로 돌린다. 밤늦게 귀가하는 일이 잦지만, 보름달을 본 기억은 거의 없다.

생각이 생각에 꼬리를 물어 생각이 생각을 낳고 그 생각이 생각을 낳을 때쯤, 친구들에게 문자가 온다.

'난 집.'

'나도 집.'

'잔다.'

'안녕.'

한 마디 보탤까 하다 그만둔다. 잔다고 했으니까, 밤늦게 누군가의 휴대폰을 울리는 건 아무래도 실례니까. 생각하기도 그만두고 집에 들어와 씻고 누웠다. 끝내지 못한 오늘의 이야기들이 머릿속에서 맴맴 거린다. 서걱서걱, 몇 안 되는 생각에 뇌가 용량을 초과했는지 더 이상 회전하지 못하는 듯하다.

낮은 자존감과 연약한 멘탈로 사회생활 할 때 고생이 많았는데 성인이 된 친구들과 나누는 어른스러운 대화에서도 여전히 고생이 많다. 그래서… 과연 내 생각들은 조금이라도 성장하고 있는 것일까. 좀 더 성숙한 인간이 되고 싶어, 나다운 인간이 되고 싶어 회사를, 도시생활을 박차고 나왔지만, 시골생활을 한다고 해서 저절로 성숙한 인간이 되는 건 아닌 것 같다. 모든 일에는 그만큼의 수고로움이 필요한 법이니까.

아저씨,
밥집이 잘될까요?

밥집을 할까 말까 고민하던 차에 엄마가 찾은 사람은 신내림 받은 지 얼마 안 됐다는 옆 동네의 박수무당. 그의 말에 의하면 엄마는 젊어서 큰 술집을 했으면 잘 됐을 것이다. 배포가 크고 음식을 잘해 작은 장사도 좋지만 큰 장사를 하면 더 큰돈을 번단다. 자기주장이 강해 직장생활은 힘들고, 지금이라도 밥집을 하면 돈을 벌 수 있다나. 물이 들어간 메뉴를 하나 넣으라고. 그럼 더 좋다고.

그 말에 힘을 얻어 덜컥 가게를 얻고 장사를 시작했지만, 문을 열자마자 문전성시가 될 수는 없는 법. 엄마는 통장에 꽂히는 돈이 없으니 하루에도 열댓 번씩 가게를 접어야 하나 고민을 했고, 세 달에 한 번 꼴로 가게를 내놓는 게 낫지 싶어 박수무당을 찾아갔다. 점심 장사를 마치고 쉬는 시간이 되면 그를 찾아가 한두 시간 넋두리를 했고, 저녁 장사 시간이 되면 가게로 돌아왔다. 내가 먼저 그를 만나러 가자고 한 적도 여러 번이다.

음식을 만들어 파는 일에는 엄청난 체력이 필요했다. 적지 않은 나이에 종일 서서 요리를 하다 보니, 엄마에게 체력적으로 한계가 오는 날이 종종 있었다. 힘들다고 가게 닫고 집에 가 쉴 수 없으니, 팔이 아프면 팔 주사를 맞으며 버텼고, 머리가 아프면 두통약을 먹으며 버텼다. 몸이 아프면 마음도 약해진다. 그런 날이면 몇 푼 없는 통장을 더 한심스럽게 여겼다.

"아이고, 이거 돈을 버는 건지, 내버리는 건지, 도대체 모르겠다."

그 시간이 지속되다 조금만 더 힘내보자는 내 말이 안 들릴 정도의 절망감이 엄마를 찾아오면, 박수무당을 만나 그의 위로를 듣는 편이 엄마에게는 힘이 되었다. 점괘를 믿어서 찾았다기보다는 누군가의 위로와 응원이 필요해서, 그 말을 해주는 사람이 신의 음성을 대신 전해주는 이라기에 그를 찾았다. 그의 앞에 엄마와 내가 나란히 앉는다. 엄마가 요즘 힘들어한다는 말을 꺼내며 약간은 친해진 그에게 엄마 모르게 눈짓을 한다.

'엄마에게 괜찮다고 말해주세요. 조금만 더 열심히 해보라고 말해주세요.'

이런저런 고민들을 늘어놓는 엄마에게 박수무당을 슬쩍 끼워 나의 의견을 전달하기도 한다. 그에 부응하듯 그는 늘 엄마에게 조금만 견디면 벌이가 곧 나아질 거라는 말을 해준다. 엄마에게 그의 말은 일종의 심리 치료 같은 효과가 있다.

"오늘은 갈비찜이 맛있어요. 어제 고기가 좋은 게 들어왔거든요."

"떡볶이 하나 시켜서 둘이 먹어요. 많이도 안 먹으면서 뭘 많이 시키려고 해?"

그렇게 박수무당을 만나고 온 날이면, 엄마는 손님들에게 더 밝게 대한다. 맛있는 것도 더 챙겨주고, 밥집을 나서는 손님에게 밝게 웃으며 다음에 또 오라고 살갑게 말하기도 한다. 누구든, 곧 돈을 잘 벌게 될 거라고 생각하면 더 열심히 일하게 된다. 별거 아닌 말이지만 엄청나게 힘이 되는 말이기도 하다.

밥집을 열고 어느 정도 시간이 흐르자 더 이상의 심리 치료는 필요 없게 됐는지 엄마는 한동안 그를 찾지 않았다. 순 뺑만 친다고 나무라기도 했다. 장사가 나아진다는 말만 되풀이할 뿐 실제로 장사가 나아지는 것 같지 않으니, 엄마 입장에서는 그를 찾는 일에 서서히 기운이 빠지기 시작한 것이다.

"엄마, 왜 신년 운세 안 봐? 나 시집가야 하는데, 가서 좀 물어봐주면 안 돼?"

지난해 초에는 어쩐 일인지 엄마가 신년 운세 볼 생각을 안 하길래 옆구리를 살살 긁었다. 개업한 지 1년이 지나면서 우리 가게는 마이너스를 면하게 되었다. 하지만 그날 벌어 그날 먹고사는 장사의 특성상, 엄마 손에 쥐어지는 돈은 여전히 없었다. 밥 먹고, 생필품 사고, 세금 내고, 가게 식재료 사느라 통장에 있는 돈을 쓴 것인데, 일단 통장에 돈이 없으니 오늘 장사는 공쳤다는 생각이 먼저 드는 것이다. 그러니 돈을 아무리 벌어도 마이너스인 것만 같아 불안할 수밖에 없다.

새해이니 새 마음 새 뜻으로 심기일전해야 하는데, 자기주장 강한 엄마를 말로 설득하기는 어려웠다. 그래서 또 한 번, 어쩌면 마지막으로 박수무당을 찾은 것이다.

"이제 힘든 고비 거의 다 넘어왔으니, 두세 달 안으로 빛을 볼 겁니다. 조금만 더 기다려보세요."

크게 달라진 멘트는 없다. 늘 그렇듯 이야기의 핵심은 곧 잘

될 거니까 조금만 참으라는 것. 그래도 박수무당을 만나고 온 엄마의 표정이 밝다.

"올해는 가게가 자리를 잡겠어."

(서당 개 3년이면 풍월을 읊는다더니…) 자신이 박수무당이라도 되는 듯 한마디 툭 던진다. 내가 생각해도 영 틀린 말은 아니다.

맨날
왜 그러고 다녀?

갑자기 나타난 삼십대 중반의 미혼 여성을 시골 동네 사람들은 어떻게 받아들일까? 안타깝게도 시골로 내려오기 전에는 생각해본 적 없는 문제다. 서울에서 지낼 때야 어엿한 직장이 있었고, 나를 궁금해할 만한 주변 사람도 없었다. 내가 어느 집 누구라는 걸 알고 있는 사람도, 알고 싶은 사람도 없었다. 그저, 지나가는 사람일 뿐이었다. 원룸 주인도 고향 같은 건 묻지 않았으니까.

지나가는 사람에게 인사를 할 필요도 없는 곳에서 지내다 시골로 내려오니, 처음에는 뒤통수가 따가워 다닐 수가 없었다.

"재 누구 아니여?"
"시집은 갔댜?"
"누구네 아긴데 안고 간대?"

삼십대 중반 미혼 여성의 갑작스러운 등장에 반응은 열광적이었다. 내 귀로 들어오지 못한 질문들은 동네 사람들의 눈을 타고 뒤통수에 와 꽂혔다. 십대 때도 졸린 눈으로 말없이 동네를 어슬렁거리던 백수 캐릭터였으니, 나이를 먹었다 한들 말 걸기가 쉽지는 않았을 것이다. 그래도, 해도 해도 너무했다. 궁금하면 직접 물어보지. 브레이크 타임에 가게를 비우면, 동네 사람들은 엄마를 찾아와 별별 것을 다 물어댔다.

"엄마 도와주는 것도 하루 이틀이지, 딸내미는 왜 여기서 이러고 있남?"

"딸내미 지금 읍내 가는 버스 타던디…. 큰 가방 메고 어디 간댜?"

"밤나 안고 댕기는 아기는 자기 애기여, 동상 애여?"

"남자는 있대? 사십대 중반인가 하는 남자 있는디. 편의점 운영하고."

"저짝 회사 직원이 사원 구한다던디. 노느니 나가서 조금이라도 벌어보라고 혀?"

그냥, 네 하고 넘겨도 될 질문들인데, 유약한 멘탈의 엄마는 일일이 답했다. 더 이상 자세할 수 없을 만큼, 자세히. 뻥도 조금 보태서.

“회사에서 인정도 받고, 돈도 잘 벌고 했나 본데 나 도와준다고 여기 왔어요. 착하지, 뭐.”

“남자는 무슨 남자가 있어? 맨날 일만 했지. 괜찮은 사람 있으면 소개해봐요.”

“집에서 따로 하는 일 있어요. 서울에서 하던 일 받아서 하고 있어요.”

“베트남에 여행 가는 거예요. 여기 그림 그려준 친구랑 둘이.”

못난 딸, 시집도 못 가고 시골에서 백수로 지낸다는 얘기 듣기 싫어서, 엄마는 열심히 답했다. 그 덕에 나는 효녀 코스프레 제대로 하고 있고. (이미지 메이킹이 이렇게 대단하다.)

효녀로 이미지 메이킹을 했지만, 한 1년 지나니 그것도 서서히 잊혔다. 대낮에 추리닝 바람에 슬리퍼 끌고 어슬렁거리고. 친구들하고 가게에서 밤늦게까지 술 마시고 떠들고, 벌건 얼굴로 치킨도 시켜 먹고. 어느 놈 찬지, 가게 앞에서 타고 나가는 차는 매번 바뀌고. 가슴 다 파인 옷에 선글라스 쓰고, 큰 가방까지 메고는 버스 기다리고. 효녀 이미지는 자연스레 지워지고,

십대 꼴통을 보는 듯한 눈빛이 여기저기서 나를 불렀다.

어느 날, 참다못한 옆집 할머니가 나를 불러 세웠다.

"아이고, 맨날 왜 그러고 다녀? 시집 안 가?"

"내년에 가요."

허허허. 그러게 자꾸 묻지 말랬잖아요. 계획도 없이, 생각나는 대로 답해버렸다. 그런데, 그 말이라는 게 무섭더라니. 일단 뱉어놓고 보니 다른 사람을 만나도 시집 안 가냐는 질문에 내년에 간다고 답하게 되었다. 신기하게 그들도 더 이상 묻지 않았다.

그래, 시집만 가면 되는 거였어. 약간의 양심은 있어서, 뱉어놓은 말을 위해 뭐라도 해야 할 것 같은 생각이 들었다. 서울 다시 갈 거 아니니까 일단 여기서 선이라도 보자. 한 달에 한 번이 목표다.

이게 올(2017년) 초의 일이었고, 지금은 유월이고, 올해 세 번 선을 봤고, 애인은 아직도 없다. 그래도 나름 노력하고 있으니, 포기하긴 이르다. 마을에서 조용히 살고 싶으면 내년엔 시집을 가야 하겠지. 가야만 하겠지. 갈 수 있겠지.

내년이 최대한 늦게 오면 좋겠다.

효녀의 석고대죄

나는 감정 기복이 심한 편이다. 좋았다, 나빴다 하는 것이 아니라, 나빴다, 더 나빴다 한다. 뭐 하나에 대해 골똘히 생각하고 또 생각하다 보면, 지나치게 예민해져 기분이 많이 가라앉았다. 덕분에 사회생활을 하며 본의 아니게 주변 사람들에게 상처를 많이 줬다.

"선배, 무슨 일 있어요?

"지금 기분이 상당히 안 좋으니까 저리 가줄래요?"

"안나 씨, 이건 왜 이렇게 된 거야?"

"저번에 말씀드린 것 같은데요."

나의 더 나쁜 감정은 후배, 선배, 상사, 거래처 직원 등 누구도 피해 갈 수 없었다. 좋게 말해 감정 기복이 심한 거고, 사실은 그냥 또라이다.

시골에 내려와 한동안은 감정적으로 편안했다. 큰 굴곡이 없었다. 그도 그럴 것이 누구도 내 말에 토를 달거나 틀렸다고 하지 않았으니까. 다들 자기 앞가림하기 바빴으니까. 나와 돈으로, 일로 얽힌 사람은 없었으니까. 엄마만 빼고.

그렇다. 엄마가 있었다.

가게가 조금씩 바빠지기 시작하면서, 나의 감정 기복도 심해지기 시작했다. 손님에게 온통 집중하며 쌓인 스트레스를 나도 모르게 엄마에게 풀고 있었다.

"지저분하게 그걸 왜 거기다 놔?"

"그냥 안 된다고 하면 되지, 왜 그걸 듣고 있어?"

"나 뭐 할 때는 일 좀 시키지 마."

시골에 내려온 지 여섯 달 만에 또라이가 컴백했다. 그런데 엄마 눈치가 또 백 단인 게라. 엄마는 웃으며 여행이라도 다녀오라고 했다. 그럼 난 비쭉 나온 입으로 짐을 싸 쿨하게 버스를 탔다. 또라이에게 뭐라고 하면 더 미칠까 봐 엄마 속은 부글부글 끓었겠지? 나를 겪어낸 상사와 거래처 사람들에게 하루에도 열 번씩 감사의 마음을 표하고 싶었겠지? 또라이의 감정 기복 때문에 화가 난 어느 밤에는 신에게 기도도 했겠지? 신이시여, 이 꼴통이 정녕 제가 열 달 동안 배 속에 품고 있었던 그 작고 귀여운 아이란 말입니까?

언젠가는 나의 더 나쁜 감정이 온갖 불만의 가면을 쓰고 저녁 밥상에서 터졌다. 회사 다닐 땐 가만두면 알아서 감정 회복이 됐는데, 엄마 앞이라 그런지 감정이 분출했다. 밥상에는 엄마와 나 둘뿐이었다. 점점 언성이 높아지자, 방에 있던 아빠가 나와 불같이 화를 냈다.

"그렇게 다 불만이면 서울로 가. 가서 니 일 해. 너 알아서 잘 살면 되지, 여기 와서 뭐 하는 거야?"

아빠는 자식들에게 큰소리 한 번 내지 않은 사람이다. 내가 맨날 술을 마시고 새벽녘이 되어서야 집에 들어와도 싫은 소리 한마디 하지 않으셨다. 그런 아빠가 화를 내니, 충격이 몇 배였다. 정신이 번쩍 났다. 밥을 먹다 말고 방에 들어왔다. 엄마 돕는다고 내려와서 효녀 코스프레 하며 부모님을 더 힘들게 하고 있다는 생각이 들었다. 다들 내 눈치만 보며 쉬쉬했던 것 같았다. 사춘기 여학생도 이렇게까지는 안 했을 것이다.

엄청난 후회들이 밀려왔다. 엄마 배 속으로 들어갈 수만 있다면, 아빠의 정자이기 이전으로 돌아갈 수 있다면 좋겠다는, 유치한 생각이 들었다. 그래서 무릎을 꿇고 앉아 한참을 울었다. 방문을 열어본 엄마는 내 마음을 읽었다는 듯 말했다.

"진짜 서울 갈 건 아니지? 여기서 포기하면 아무것도 안 되는 거야. 모난 돌이 정 맞는다고."

그렇다. 모난 돌이 정 맞는다. 각자의 룰대로 사는 것이 인생이거늘, 사회생활 몇 년 한 것 가지고 온 세상을 호령할 줄 알았던 것이다. 예민한 사람의 감정 기복이라기보다, 나의 못난 마음이 이해에 앞서 분노를 만들어낸 것이다.

그 이후에도 가끔 나쁜 기분이 더 나빠질 때가 있다. 그럴 땐 반야심경을 듣거나, 친구들과 맛있는 걸 먹는다. 나쁜 기분은 나의 내면으로부터 오는 것이니까. (허허, 곧 득도하는 거 아님??) 그래서인지 어지간해서 폭발은 안 한다. 집에서도, 가게에서도 되도록 조용히 지낸다. 아빠, 엄마가 무서워서 그런 건 아니다. 정 맞기 싫어서 그런 건 아니다. 정말 아니다.

회사에 다니지 않기로 하다

"언제 올라올 거야? 그때 거기서 사람 구한다던데."

업계 동료들에게 밥집이 자리 잡을 때까지만 있다 오겠다는 말을 남기고 서울을 떠나온 지 어언 6개월. 직장생활을 하며 나름 로망으로 품고 있었던 출판사에서 사람을 구한다는 연락을 받았다. 그곳 편집장이 나의 안부를 물었다는 소식도 함께.

정리하고 올라갈까? 밥집에 직원을 구할까?

순간, 욕심이 났다. 가고 싶었다. 밥집에 직원을 쓰고, 완전히 자리 잡을 때까지는 내가 직원 월급을 보조하는 것도 좋겠다 싶었다. 밥집에서 내가 하는 일은 홀 청소와 서빙뿐. 엄마 혼자 동분서주, 땀 뻘뻘 흘리며 주방을 지키는 걸 보기만 하는 것도 쉬운 일은 아니었다. 그러면서도 난 주방에 쉽사리 발을 들이지 못하고 있었다. 라면 하나도 제대로 못 끓이는데, 손님 음식에 손을 댄다고 생각하니 손발이 저절로 오그라들었다. 그렇다면 주방을 보조해줄 직원을 구하는 게 여러모로 이득 아닐까? 끝없는 자기 합리화가 시작됐다.

여기서 무능한 노처녀로 늙고 있는 건 아닌가, 하는 생각까지 들었다. 아침까지 평안하던 나의 머릿속은 전화 한 통으로 엉망이 되었다. 뭐든 할 것처럼 단칼에 짐을 싸 시골로 내려온 그 호기로움은 사라진 지 오래였다.

"엄마, 내가 다니고 싶던 출판사 편집장이 나 찾는대."

"… 그럼, 올라가봐야겠네?"

시골에 내려가겠다고 말했을 때처럼, 엄마는 별 힘도 들이지 않고 답했다. 하지만, 그 답 속에서 백 퍼센트 긍정의 의미는 읽어내지 못했다. 칼을 뽑았으니 무라도 썰고 떠나고 싶었다. 그래서 일단은 서울에 가지 않기로 했다. 그렇게 그 일은 머릿속에 혼돈의 카오스만 남기고 끝났다.

그 후로도 몇 번의 연락을 받았고, 나는 매번 혼돈의 카오스를 맴돌았고, 끝내 서울행을 택하진 못했다. 회사에 다니며 쉬는 날은 제대로 쉬면서 일하고 싶었지만, 혼자만의 라이프를 다시 한번 만끽하고 싶었지만, 월급이 너무나도 받고 싶었지만, 사실 직장생활에 월급 말고 큰 메리트는 없었다. 그래도 내가 좋아하고, 잘할 수 있는 일은 하고 싶었다. 이젠 돈도 없었다. 방법을 찾아야 했다.

"일이 하고 싶은데요. 여기서 할 수 있는 일을 주시면 안 될까요?"

어디서 용기가 났는지, 다니던 회사 대표에게 연락했다. 시골에 내려와 몇 달 안 돼 대표가 근처에 강의가 있다며 나를 찾아온 적이 있다. 밤낮없이 소처럼 일하던 직원이 어느 날 갑자기 회사를 박차고 나간 진짜 연유를 슬쩍 물어왔다. 이유? 제가 말한 게 전부인걸요. 자리는 항상 비워놓을 테니 언제든 올라오라는 말을 남기고, 대표는 홀연히 사라졌다.

"아, 그럼 이것 좀 해주겠어?"

준비하고 기다렸다는 듯이 일이 들어왔다. 그로써 어색한 관계도 정리된 셈이었다. 그렇게 조금씩 일을 받아 밥집 근무 시간을 조절해가며 집에서 일했다. 엄마도 내가 일할 시간을 충분히 확보해주셨다. 말은 안 했지만 내가 밥집에만 있으니 걱정이 많았던 모양이었다. 한창 일할 나이에 시골구석에서 밥집을 지키고 있는 게 안쓰러웠던 것 같았다.

엄마는 밥집 일을 도맡아 도울 사람이 필요했던 게 아닐지도 모른다. 옆에 있어주기만 해도 힘이 되는 사람이 필요했던 것일지도. 나는 직장생활을 할 때처럼 너무 많은 것들을 해내려고 욕심을 부렸고. 그렇게 밥집 일은 서브 격으로 돕고, 집에서 내 일을 하다 보니 마음도 몸도 한결 건강해진 것 같다.

좋은 제안을 무조건 고사하지도 않는다. 찾아가 이야기를 들어보고, 내 사정을 말한 뒤, 집에서 할 수 있는 일은 받아와 한다. 교정교열뿐만 아니라 인터뷰를 하거나, 윤문도 할 수 있는 것들은 해보려고 한다. 매일매일 똑같은 일은 지루하니까. 직장생활을 할 때보다 일도 훨씬 재밌다. 불쑥불쑥 고개를 디밀던 똘끼도 사라졌고.

회사에 다니지 않고도 일할 수 있는 방법을 찾은 것 같다. 꼭 서울일 필요도 없다. 내가 필요한 일이라면, 내가 할 수 있는 일이라면, 사무실이 아니어도 된다. 그렇게 나는 2년여가 지나서야 회사 밖으로 완전히 나왔다.

#일의균형 #밥집운영과외주 #밥벌이 #돈벌이
#뭐든열심히하겠습니다!

언제까지 스트레칭만 해야 하나요?

직장인인 나에게는 몇 가지 연례행사가 있었다. 운동, 인문학 강의 듣기, 독서, 영어 공부, 외국 드라마 보기 등. 한 달 단위로 연례행사 스케줄을 소화하다 보면 1년이 금방 간다. 그러니까 헬스 세 달 끊고 세 번 가기, 인문학 강의 신청해 두어 번 듣기, 영어 교재 사서 열 쪽 풀기…. 매달 말만 되면 강박적으로 뭔가 일을 벌였고, 그 일을 실천해야 한다는 강박으로 한 달을 보냈다. 물론 작심삼일일 뿐인 연례행사였지만.

그러다 시골에 내려오니 연례행사를 시행할 수가 없었다. 학원이 있는 읍내까지 나가려면 버스를 타고 사십여 분. 겨우 생각해낸 것이 인터넷 강의. 그러나 정작 필요한 건 운동이었다.

직장생활을 하며 쌓인 노폐물과 나쁜 지방을 빼내고, 피를 원활하게 돌게 해주어야 했다. 그렇다면 요가다. 요가가 하고 싶다.

어떤 책에서 그랬지. 무언가를 간절히 원하면 온 우주가 도와 그 바람을 이루어준다고. 나의 간절한 마음에 온 우주가 탄복했는지, 마을 부녀회에서 일주일에 두 번, 저녁 시간에 '요가 수업' 프로그램을 운영한다는 소문을 듣게 됐다. 그렇다면 안 갈 이유가 없다. 나를 위해, 온 우주가 도와 요가 수업 프로그램이 있음을 알려왔는데, 안 가면 안 되는 것이다. 허허, 그런데 난 부녀자가 아니다. 부녀자가 아닌데 부녀회에서 운영하는 프로그램에 참여해도 될까?

"아이고, 걱정도 팔자네. 사람도 없는데 그냥 가서 하믄 되지. 뭐, 누가 호적 검사하는 것도 아니고."

(네. 걱정도 팔자입니다.) 그렇게 마을회관에 찾아가 문의한 끝에 참여하게 된 요가 프로그램. 그런데 이것이 요가 같기도 하고, 아닌 것 같기도 하다. 두 다리를 쭉 펴고 앉아 양발 끝 치기, 누워서 다리 번쩍 들고 흔들기, 다리 쫙 벌리고 앉아 골반 운동하기…. 저기, 그래서 요가는 언제 할 수 있는 거냐고 묻고 싶었지만, 부녀자도 아닌 주제에 감히 나서서 질문이라니. 입 다물고 시키는 대로 열심히 했다. 언젠가는 요가 자세를 하겠지. 고

양이 자세, 코브라 자세, 쟁기 자세, 전갈 자세. 천천히 몸 풀고 나면 이 자세들을 하나씩 다 하겠지.

"어머님들, 산후조리 제대로 못해서 골반 엉망 되고, 나이 들면 오다리 되고 하는 거, 운동을 안 해서 그래요. 반대로 너무 무리해서 운동하면, 여기저기 다 아프죠? 이렇게 스트레칭 같은 것을 많이 해주는 게 좋아요. 제가 시키는 거 열심히 따라 하시면 좋아질 거예요."

"아이고, 이것도 힘들어. 맨날 연습해야 겨우 따라간다니께. 쉬운 것 좀 알려줘봐요." (그냥 숨 쉬기 운동을 하시는 편이 낫지 않을까요?)

흠, 그렇다면 내가 원하는 요가 자세들은 할 생각이 없다는 건가? 60분을 가득 채워 운동을 했는데 왜 땀이 나지 않는 거지? 약간 더워지기라도 해야 하는 거 아닌가? 이럴 거면 수업 이름을 '스트레칭 수업'이라고 했어야지. 요가 수업을 들을수록 요가가 하고 싶었다.

요가를 하고 싶다. 이미 요가를 하고 있지만 더 격렬하게, 더 적극적으로 요가를 하고 싶다. 그렇게 6개월을 다녔다. 딱히 할 일이 없고, 힘들지도 않아 작심삼일이 6개월이 됐다. 어쩌면, 요가 선생님은 꾸준한 운동을 유도하는 데 천재인지도 모르겠다는 생각을 하기도 한다. 여하튼, 우리는 여전히 '요가 수업'이라는 이름을 내걸고 양발 끝 치기라든가, 누워서 다리 털기라든가 하는 것들을 한다.

물론 요가 자세도 한다. 고양이 자세와 아기 자세. 운동이 끝나면 모여서 누군가가 쪄 온 감자를 먹기도 하고, 제철 과일을 먹기도 한다. 어색하지만, 배도 고프고 예의 문제도 있으니 벌떡 일어나 가버리진 못한다. 덕분에 몸에서 노폐물과 지방 몰아내기는 실패!

그래도 노느니 염불한다고, 오늘도 요가나 가봐야겠다.

조카 바보는 아닙니다만

동물의 세계에는 서열이라는 것이 있다. 국립국어원에서는 이를 이렇게 설명한다. '일정한 기준에 따라 순서대로 늘어섬. 또는 그 순서.' 직장생활이 그렇듯 평안한 가정생활(한집생활이라고 해도 좋겠다)을 위해서는 서열이 필요하다. 우리 집에서 내 서열은 몇 번째 정도 되려나? 아빠와 엄마 다음 정도?? 하지만 귀여운 조카는 매일 새벽같이 나를 찾아와 부스스한 면전에 대고 말한다.

"맴매! 맴매! 산타 할아버지가 안 된다고 했지?"

"네."

뭐가 안 되는지는 모르겠으나, 일단 안 된다고 하니까 그러마고 답한다. 안 그러면 진짜 맴매다. 안타깝게도 이 집에서 내 서열은 조카 아래인 듯하다. 하지만 인정하기까지는 시간이 필요했다. 다른 가족에 비해 체력이 조금 낫다는 이유로 조카 셔틀을 도맡았고, 도시나 외국에 나갔다 돌아올 때면 조카의 선물도 준비했다. (선물이 없으면 아빠가 은근히 눈치 주고 그런다, 훌쩍.)

조카가 버르장머리 없는 것일까? 아니, 아니, 고놈이 다른 어른들은 살뜰히 챙기는 게라. 네 살밖에 안 된 녀석이 모든 음식 앞에서는 점잖게 "할아버지, 좀 드세요" 하며 할아버지 입속에 음식을 쏘옥 넣는다. 직장생활만 하던 아빠가 일을 쉬게 되면서 가족들에게 적응하기 위해 적잖이 노력한 시간이 무색하게 가족들은 아빠에게 잔소리 일색이었는데, 손주라는 천사가 나타나 어른으로서 존중받는 새 삶을 열어준 것이다. 흠흠, 그건 그렇고. 다음은 할머니에게 음식을 쏘옥. 다음은 엄마에게 음식을 쏘옥. 아빠는 출근했으니 다음은 내 차례다.

"음, 맛있다."
"나는 왜 안 줘?"
"이모는 안 돼!!!"

그래, 이모는 안 된다. 뭐가 됐든 안 되는 것이다. 이유가 뭘까. 내가 서열에서 밀린 이유. 물론, 조카보다 서열이 위일 필요는 없다. 왕년에 같이 사는 고양이들 서열 싸움 구경하다 고양이한테 맞은 적도 있는 사람이다, 내가. 그래도 궁금했다.

다음은 내 나름 몇 가지를 추리해본 결과다.

첫째, 셔틀 업무에 너무 충실했다. 차가 슝슝 다니는 도로에서 조카가 뛰쳐나가 사고라도 나면 큰일일 것 같아 조카를 안고 목적지까지 가곤 했다. 이 일이 반복되다 보니 조카의 머릿속에 '이모=셔틀'이라는 공식이 입력된 듯하다. 걷기 싫고 피곤하면 "이모"를 외쳤다. 오해하지 말자, 나를 찾는 게 아니라 '셔틀'을 찾는 거다.

둘째, 상황극에 너무 충실했다. 조카가 그림책이나 만화 속 이야기에 집중하고, 말을 하기 시작하면서 상황극이 자주 벌어졌다. 조카가 산타 할아버지인 척하면 나는 번개같이 루돌프가 되어야 했다. 조카가 형인 척하면 나는 동생인 척해야 했고. 조카가 산타 할아버지, 형 같은 나름 서열 높은 인물들을 맡다 보니 나는 자연스레 서열 낮은 인물을 맡게 됐다. 조카가 산타 할아버지가 된다고 내가 산타 할머니가 될 수는 없었다. 그럼 조카는 대답 없이 떠났고, 우리의 상황극은 이어지지 못했다. 재미있는 상황극을 계속하기 위해서 나는 계속 루돌프와 동생이 돼야 한다.

셋째, 음식을 너무 많이 먹는다. 무릇 어른이란, 한창 성장기인 아이에게 음식을 양보하기도 하고, 좋은 볼거리나 읽을거리를 양보하기도 해야 하거늘, 너무 내 입만 챙겼다. 맛있는 과자도 조카가 하나 먹는 동안 난 열, 스물을 먹는다. 작은 손으로 과자 한 조각을 작은 입에 넣는 동안, 내 손은 쉴 새 없이 움직인다. 자비 따윈 없다. 그림책도 재밌으면 내가 먼저 읽는다. 만화도 내 위주로 본다. 가끔 동생이 지켜보다 한숨을 쉬기도 한다.

넷째, 만날 드러누워 입으로만 떠든다. 새벽형 가족들이 일어나 각자의 자리로 떠나고 나면, 나는 술이 덜 깨 부스스한 얼굴로 방문을 열고 나온다. 거실에서 왁작왁작 떠들던 가족들은 날 한 번 쓱 보고는 각자의 자리에 충실한다. 드라마에나 나오는 아침 인사 같은 것은 없다. (욕 안 먹으면 다행이다.) 그럼 난 물을 마시고 과자를 먹다 누워서 텔레비전을 본다. 이 모든 걸 조카가 지켜보다 말한다. "이모는 아기야?" "응. 응애! 응애!"

그밖에도 하나를 꼽으라면 장난이 심하다는 것. 회사에 다닐 땐 후배들 놀리는 재미가 있었는데, 후배들이 사라지니 그 자리에 조카가 남더라. 뭐, 어째. 내가 살려면 놀려야지. "수리수리

마하수리"를 외치고 "에네르기"를 외치는 조카 앞에서도 난 굴하지 않는다. 절대 쓰러지면 안 된다.

서열에서 밀렸지만, 서운한 건 아니다. 속없는 절친 하나를 얻었으니까. 시골생활에 이보다 큰 활력은 없으니까. 그래서 나는 매일 아침 조카를 기다린다. 어떤 역할을 맡게 될까, 뭘로 놀리나, 어떤 음식을 나눠 먹을까, 고민하면서.

그러니 나를 좀 제발 그냥 놔두시오!

마트에 장 보러 가다 중학교 때 과학 선생님과 마주쳤다. 인사를 해야 하나 망설이다 핸드폰으로 시선을 돌렸다. 매년 백여 명의 졸업생을 배출하는 학교의 선생님이 십여 년 전 학생을 기억하기란 쉽지 않을 테니까. 그래도 인사를 할걸 그랬나, 하는 후회는 했지만 계속 걸었다.

며칠 후 선생님과 또 마주쳤다. 선생님 댁은 우리 밥집 뒤편이었고, 선생님은 이제 선생님이 아닌 백수였고, 나는 하루에도 몇 번씩 마트에 가야 했으니, 우리가 마주칠 가능성은 생각보다 높았다. 이렇게 마주칠 때마다 알은척하기도 모른 척하기도 곤란하다. 그렇다면 지금이라도 인사를 하는 게 좋지 않을까.

"안녕하세요!"

"어, 그래!!!"

바삐 갈 곳도 없으면서, 고작해야 나보다 몇 걸음 앞서 마트에 갈 거면서, 습관처럼 바쁘게 걷던 선생님은 한 손으로 경례의 제스처를 취하며 날 쓱 보고는 지나갔다. 나를 잘 알지도 못하면서, 내가 몇 회 졸업생인지, 이름이 뭔지 따위는 묻지도 않고. 학교 때나 지금이나 영혼 없이 학생들을 대하는 건 여전하다고 생각하며 선생님의 뒤를 따라 걸었다.

어느 날엔가, 저녁 무렵 마트에서 산 맥주와 방울토마토를 계산하다 앞에 서 있는 선생님을 보았다. 선생님은 캐셔가 금액을 외쳐주길 기다리고 있었고, 계산대에는 맥주가 열 병 정도 놓여 있었다. 집에 손님이 왔을 거라고, 딸네 식구들이 왔을 거라고 생각할 수도 있었을 텐데, 이상하게도 맥주를 보며 선생님이 참 외롭고 쓸쓸하구나, 하고 생각했다. 그건 아마도 계산대 앞에 서 있는 선생님이 쓸쓸하게 보이기도 조급하게 보이기도 했기 때문이리라.

"선생님, 맥주 한잔하실래요?"

말을 걸고 싶었지만, 괜한 오지랖이지 싶었다. 외롭고 쓸쓸한 건 참 안된 일이지만, 선생이랍시고 교과서만 줄줄 읽어대며 툭

하면 소고채로 아이들 손바닥을 때리며 은근한 미소를 지었던 사람과 마주 앉아 술잔을 기울이고 싶지는 않았다. 웃으며 곱씹을 추억도 없으니까 맥주는 각자 집에서 마시는 걸로. 10년 전 일인데 나도 참 속도 좁다.

그날 이후로 선생님과 마주치면 친근감이 느껴져 자연스럽게 인사를 했다. 저 사람도 나처럼 외롭고 쓸쓸해 맥주를 마신다고 생각하니 정이 갔다. 나를 알아보든, 못 알아보든, 중요치 않았다. 그저, 동네 사람으로서 인사를 주고받는다고 생각하면 어려운 일도 아니었다.

내가 계속 알은척을 해주면 언젠가는 나를 동네에 사는 사람쯤으로 여겨주겠지. 스승과 제자는 아니더라도 마트 친구 정도는 될 수 있겠지. 하지만 신기하게도 선생님은 인사를 할 때마다 낯선 눈빛으로 나를 본다. 너는 이 동네에서 처음 보는 아이네, 하는 눈빛. 좀 더 말을 걸어보고 싶기도 하지만, 그 눈빛 앞에 서면 난 바쁘게 앞서 걷고 만다. (곧 선생님에게 추월당하지만.)

사람 손이 닿지 않는 듯한 집에 살며, 하루에 한 번 마트만 오가는 선생님은 어떤 인생을 살았던 걸까. 왜 영혼 없는 선생님이 된 걸까. 사연팔이를 즐기는 나로서는 선생님의 사연이 알고 싶었다. 누구와도 친해지지 않는 선생님이 좀머 씨처럼 보여 뒤를 밟아볼까 생각도 했다. 궁금했다. 너무나도 궁금했다. 다가가 몇 마디 건네면 선생님도 좀머 씨처럼 "그러니 나를 좀 제발 그냥 놔두시오!"라고 말할 것만 같았다. 어쩐지 조금 멋진 것 같다. 현실 속의 좀머 씨를 만나 이야기하다니. 그런데 상상과 달리, 선생님이 나의 질문에 기다렸다는 듯이 엄청난 말들을 지치지 않고, 만날 때마다 쏟아낸다면. 아, 때론 아무 말도 하지 않는 것이 나을 때가 있다.

마트에서 나와 선생님의 몇 발짝 뒤에서 걸을 때면, 인사는 애저녁에 포기하고 이런저런 생각을 한다. 외로움이나 쓸쓸함 같은 것들을. 선생님의 뒤통수는 다른 사람들에게 물음표를 던지기 위해 있는 것만 같다. 그래서 오늘도 저리 바쁘게 걷는 건가.

정식이 아저씨가 지나간다

점심 장사를 마치고, 설거지로 젖은 앞섶을 말리느라 앉아 있는데 초등학교 때 수위 아저씨가 지나갔다. 낡디낡은 서류가방을 들고, 큰 키가 무색하리만치 허리를 잔뜩 구부린 채 느리게 걷는 아저씨. 얼굴도 머리 스타일도 안경도 옷도 가방도, 모든 것이 이십여 년 전 그대로인 아저씨.

"어? 저 아저씨 우리 학교 수위였는데."

"저이 별명이 뭔 줄 알아?"

"별명도 있어?"

"정식이야, 정식이."

손님이 없는 날이면 시간을 죽이느라 가게에 앉아 창밖을 본다. 그러다 아는 사람이 지나가면 엄마는 밝게 손을 흔든다. 멍하니 앉아 지나가는 사람을 보던 엄마가 뭔가 떠오르면 야사 같은 것을 들려주기도 하는데, 그게 또 재미지다.

저이가 누구랑 정분이 났다더라, 남편한테 그렇게 맞고 살았는데 그 남편이 자다 죽었다더라, 저리 순해 보여도 시어머니가 너무 화나게 해서 한 대 날렸다더라. 엄마의 이야기를 가만히 듣다 보면, 이 동네가 아수라판인가 싶다. 막장드라마가 괜히 나오는 게 아니다.

그렇다고 야사만 즐기는 건 아니다. 버스에 타고 내리는 사람들, 자기들끼리 낄낄대며 지나가는 아이들, 급하게 달려와 버스를 타는 사람들, 이 동네에 처음 온 듯 두리번거리며 걷는 사람들. 어디서 나타났는지 다양한 사람들이 오가는 걸 보고 있으면 그 사람만의 라이프스타일이 보이기도 한다. 직장생활이랄 게 없는 동네에서는 모두가 각자의 라이프스타일대로 사는 듯하다.

"왜 정식이야?"

"저 앞에 있는 밭이 저이 건데 밭 갈 때 줄을 대고 똑바로 갈아. 앞에 있는 화단도 키 맞춰서 똑바르게 자르고. 아주 바를 '정' 자처럼 일한다니까."

"누가 지었는지 잘도 지었네."

"어. 일도 종일 걸리는데, 빠르진 않고. 엄청 꼼꼼해."

아저씨의 밭은 우리 가게 맞은편이기도 하고 초등학교 뒤편이기도 하다. 자신이 근무하던 회사 뒤에 집을 짓고 밭을 일구는 셈이다. 생각해보면 정식이 아저씨는 수위일 때도 열심히 일했던 것 같다. 조용히, 아주 조용히 어딘가에 쪼그리고 앉아서.

여하튼 그 밭에는 이름 모를 작물들이 많이도 심겨 있다. 여러 가지 작물의 새싹들이 일렬로 서 있는 모습을 가만히 보면, 너무 귀여워 웃게 된다. 정식이 아저씨가 밀짚모자를 쓰고 밭에 나와 일하는 모습이 포착되면 넋 놓고 구경하게 된다. 정말 느릿느릿 한참을 쉬지도 않고 일한다.

"올맥도널할아버지다!!!"

요즘, 농부에 푹 빠진 조카가 정식이 아저씨에게 '올맥도널할아버지'라는 별명을 지어주었다. 왜 그 노래 있지 않나? "Old MacDonald had a farm. 이야이야오~"(나는 번안곡을 부르며 자랐는데 "김첨지네 밭 있어, 이야이야오~"였던 것 같다.) 그렇게 조카와 정식이 아저씨 밭 앞에 서서 노래를 부르며 한참을 구경하다 보면 몸과 마음이 경건해진다. 정성껏 작물을 가꾸는 농부의 마음이 전해진달까.

저녁을 먹다 동생에게 정식이 아저씨 이야기를 했더니 동생이 아저씨의 또다른 이야기를 들려줬다.

"그 아저씨 가방 있잖아. 거기에 고등학교 때 쓰던 이름표 붙여두셨어."

"고등학교 때 건지 어떻게 알고?"

"옛날 영화 같은 거 보면 학생들이 가방 같은 데 이름표 달고 다니고 하잖아. 그거랑 똑같이 생겼어."

"오, 별걸 다 봤네."

정식이 아저씨에게 나만 관심이 있던 건 아니었다. 밥을 먹으며 정식이 아저씨는 스타일도 잘 안 바뀌고, 밭도 너무 정갈하게 관리하고, 잘 늙지도 않는 걸 보니, 자기 물건을 매우 소중히 하는 사람 같다는 결론에 이르렀다. 모든 것이 소중한 정식이 아저씨도 씻기 싫어 빈둥대고, 아무 생각 없이 창밖을 보며 시간을 죽일까. 정식이 아저씨는 칸트처럼 매분, 매초를 철저하게 지키며 사는 사람이면 좋겠다.

엄마의 사회생활

엄마는 예순이 넘어 첫 사업을 시작했다. 결혼 전에 잠시 직장생활을 하고, 쉰이 넘어 잠시 아르바이트한 것을 제외하면, 사회생활은 거의 전무한 상태. 첫 사업으로 밥집을 선택한 것은 엄청난 도전이었다. 체인점이 아닌 일반 밥집을, 집밥을 겨냥한 밥집을 선택한 것은 어찌 보면 무리수였다.

"음… 여기 뭐가 맛있어요?"
"글쎄요."
"밥이 먹고 싶은데."
"저기 메뉴 있어요. 골라보세요."

개업을 하고 처음 몇 개월은 손님만 나타나면 얼음이었다. 나도 엄마도, 메뉴를 추천해달라는 소리에 나몰라라 주방으로 도망치기 일쑤였다. 안다. 해도 해도 너무했다. 특히나 엄마는 손님과 마주하는 것을 어려워했다. 종갓집 막내딸로 곱게 자라, 남편 돈으로 원 없이 살림했던 엄마에게 을이 된다는 일은 쉽지 않았다. 진취적이고 자기주장 강하고 인정 넘치는 엄마였지만, 사회에 나와 갑을, 을을, 병을, 정을 대하는 건 다른 문제였다.

엄마는 늘 정성껏 음식을 해주고 싶어 했고, 바쁠 때 손님이 오면 당황했다. 더불어 표정도 너무 솔직했다. '저 사람, 바쁜데 왜 왔어?'라고 온몸으로 외쳐대는 걸 보고 있노라면 내가 다 무안했다. 그래도 손님이 밥을 잘 먹는지는 어지간히 궁금한 것 같았다. 손님 입으로 음식이 들어갈 때면 그 반응이 궁금해 주방에서 고개를 빼꼼 내밀곤 했다. 뭔가를 사고파는 것에 익숙하지 않은 엄마는 손님이 내민 밥값을 조금은 미안한 마음으로 받기도 했다. 그러고 보면 나의 완벽주의는 엄마를 닮은 건지도 모르겠다. 그런 엄마를 보며 완벽할 수 없지만, 끊임없이 완벽을 추구했던 내가, 또 엄마가 안쓰럽게 느껴지기도 했다.

그렇다고 내가 엄마의 당혹감을 떨쳐낼 수 있는 방법을 아는 건 아니었다. 완벽주의의 끝엔 폐허가 된 영혼과 나를 갉아먹는 자괴감만 남는다는 것을 말하고 싶지도 않았다. 내가 뭐라고. 그래도 엄마는 끊임없이 노력했다. 완벽을 위해서가 아니라 손님에게 만족스러운 식사를 대접하기 위해. 손님들의 입맛과 먹는다는 것의 즐거움을 이해하기 위해.

늘 바른길로만 갈 수 있었다면 인생이 지금보다 훨씬 값진 것이 되었을까. 아니, 시행착오 덕분에 모든 이의 인생이 비로소 값진 것이 되는 건 아닐까. 엄마는 자신의 손맛을 믿지 못했다. 요리 프로그램과 요리 블로그를 한참 뒤적인 다음 날은 늘 엉뚱한 메뉴를 내놓곤 했다.

"아, 하던 대로 하지."

"별로야?"

"어. 이상해. 조화롭지 않다고 해야 하나?"

"분명히 이렇게 하라고 했는데."

요리는 전혀 모르는 나지만, 그런 엄마를 보며 요리도 하나의 예술이구나 싶었다. 손맛 좋은 엄마의 음식에 소금 조금, 설탕 조금이 더해져 엄청 맛없는 요리가 완성되기도 했다. 그래도 엄마는 해냈다. 엄마의 음식들은 하루 이틀 방황하다 신기하게도 제자리로 돌아왔다.

"그래, 이 맛이야!"

"그래??? 이거였어?"

"하던 대로 해. 엄마 음식에 대한 답은 엄마가 제일 잘 알걸."

"그래도 이렇게 해봐야 마음이 편해. 호호호."

동생이나 나에게 시식을 권했는데 반응이 좋으면, 엄마는 안심하고 다시 주방으로 들어간다. 그런 날은 자신감 있게, 정성껏 음식을 한다. 채소 많이, 고기 많이, 양념 많이. 손님들이 밥을 먹고 나가며 "잘 먹었습니다" 하고 인사를 하면, 별거 아닌데도 엄마는 기분이 좋다. 이렇게 해서 남겠냐고 묻는 손님의 등짝을 치며 "많이 먹어요. 더 있어"라며 한껏 웃는다. 특별한 선물이라도 받은 사람처럼.

사람을 치유할 수 있는 건, 결국 사람이지 않을까. 손님만 만났다 하면 당황하던 엄마는 이제 없다. 갑이고 병이고 내 알 바 아니었다. 어쩌면 지금도 엄마는 손님에게 음식을 판다는 생각 따위 안 하는지도 모르겠다. 그저 따뜻한 밥 한 끼 먹이고 싶은 아들 같고 딸 같은 청년들만 있을 뿐.

그래, 세상이 어찌 갑을병정만으로 돌아가겠는가. 어떤 날은 나도 직장생활을 하면 좋겠다고 생각한다. 아침부터 사장에게 욕을 한 바가지 얻어먹은 날, 엄마 같은 사람이 밥을 해주는 식당에서 점심 한 끼 든든히 먹고 기분 좋게 오후 근무를 마치고 싶다.

주사와
주정 사이

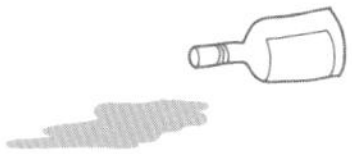

"연애는 어떻게 하는 거야?"

"술을 마셔."

"여기서 더 마셔?"

"술만 마시지 말고 적당한 타이밍에 정신을 살짝 놓고 다리를 확 걸어."

"확? 그게 뭐야? 어떻게 걸어?"

"멍충아, 술이나 마셔."

술이라면 남부럽지 않게 마셨다. (남부끄러울 정도로 마셨다고 해야 하나.) 그런데 그 정신이라는 게 무섭더라. 누군가 끈적한 추파를 보내며 다가온다 싶으면 정신이 번쩍 났으니까. 정신이 보이기라도 하는 거라면 이 악물고 꼬집기라도 했을 텐데. 그 와중에 눈치까지 없어서 수많은 커플이 어둠 속으로 사라져 가는 것도 모르고 술만 열심히 마셨다.

연애 세포가 건강하던 시절도 있었던 것 같다. 사회생활을 하며 아저씨들에게 희롱 비슷하게 정신 몇 번 털린 후로는 그마저도 죽어버린 것 같지만. 아니다. 이건 그냥 핑계다. 사실, 다른 사람과 친밀해진다는 것이 귀찮고 싫었다. 일만 하고 살기에도 내 삶은 충분히 바쁘다. (그렇다고 생각했다.)

그래도 가끔 정신이 들면 소개팅을 했다. 어쩌면 새로운 누군가를 만난다는 시도만으로 아무 노력도 하지 않는다는 죄책감을 씻어버리려 한 것일지도 모르지만. 여하튼 소개팅 자리에서는 열심히 임했다, 남들처럼. 문제가 있다면 소개팅이 거듭될수록 술친구만 는다는 것. 애프터 없는 술친구.

그렇게 소개팅도 시들, 일도 시들해진 후로는 그냥 혼자 재미나게 놀았다. 공연도 보고, 여행도 다니고, 친구들이랑 밤새 놀고 하면서. 나이가 들었으니 누군가를 만나 결혼을 해야 한다는 의무 따위는 딱히 없었다. 시골에 내려와 동생과 친구들이 결혼생활하는 걸 보기 전까지는.

시골에 와 부모님 집에 살게 됐는데, 이상하게 그 집이 더 이상 내 집 같지 않았다. 동생은 자기 가족을 꾸렸고, 아빠와 엄마는 가족이고, 친구들도 다 가족이 있는데…. 그러면 나는? 외로움이라든가, 질투라든가 하는 감정이라기보다는 그냥 이질감 같은 것이 느껴졌다. 이제는 나도 내 가족이 있어야 할 것만 같았다.

두둥! 그래서 결혼을 전제로 한 만남을 가져볼까 하고 주변을 살폈다. 주정뱅이 1, 주정뱅이 2, 주정뱅이 3… 남은 사람들도 나랑 다를 게 없구나. 누가 있어도 그만, 없어도 그만이니까 그냥 그렇게 혼자 사는 건가? 결혼한 친구들은 주변에 괜찮은 동창을 이리저리 엮어주려고 눈이 벌겋다. 내가 술만 취했다 싶으면, 마구 도발했다.

"민수 어때?"

"생각 안 해봤는데."

"만나봐."

"별로…."

"야, 누군가를 만나기로 했으면 시도를 해야지. 걔한테 영화나 보자고 해."

"그럴까? 번호가 있나?"

아, 입이 방정이고, 술이 화근이다. 순해 빠진 동창에게 전화를 해 내일 영화를 보자고 말했다. 다음 날 친구에게 전화가 왔다. 회사 반차 냈는데 어디로 가면 되냐고.

"어??? 왜 오는데???"

급하게 통화 목록을 뒤졌다. 미안하게도 난 지난밤의 기억을 지우고 말았다. 술을 너무 많이 마셨던 것이었던 것이다. 일단 뱉은 말이라 책임은 져야 했기에 가게 앞으로 오라고 해 영화를 봤다. 그리고 밥을 먹었다. 결정 장애인 친구의 차로 시내를 네 바퀴는 돈 뒤에야 겨우 삼겹살을 먹을 수 있었고, 그날의 삼겹살은 흡사 고무를 씹는 것 같았다.

삼겹살을 배가 부를 때까지 씹은 후에야 깨달았다. 그냥 한 번 만나보는 것도 이제는 어렵게 됐구나. 나름 깔끔하게 헤어지고 집에 와 이불 킥을 날리다 잠이 들었다. 전날 그렇게 전화하지 말았어야 했다. 책임감이랍시고 영화까지 보지 말았어야 했다.

어쩐 일인지 그 이후로 순해 빠진 친구와 술을 마시다 그 친구가 만취만 했다 하면 영화를 보자고 한다. 별 희한한 술버릇 다 봤다.

"저기요, 저는 정신 멀쩡하고요. 친구랑 영화 보는 거면 괜찮지만, 남자로는 조금 아닌 것 같은데요."

쥐뿔도 없으면서, 이제 곧 마흔이면서, 도도하게 이런 말이나 하고 앉아 있다. 걔나 나나 정신을 놓긴 했는데, 맥락상 이렇게 정신을 놓으라는 건 아닌 것 같은데.

혼자 먹는 밥이 어때서

"저, 1인분도 되나요?"

"넵. 편하신 데 앉으세요."

길에 사람도 없고 심심도 하여 혼자 맥주 한 병 까다 손님을 맞았다. 저녁 무렵에는 혼자 오는 손님이 많다. 막 퇴근하고 나와 집에 가서 밥 차리긴 귀찮고 대충 때우고 갈까, 하는 손님. 문을 열고 들어와 앉지도 않고 두리번거리며 1인분도 되냐고 묻는 손님. 라면이나 된장찌개를 시켜 급하게 먹고 나가는 손님이 있는가 하면, 본격적으로 먹어주겠다는 눈빛을 하며 제육쌈밥을 시키는 손님도 있다.

저녁에 혼자 와 제육쌈밥을 먹는 손님들에게는 비슷한 특징 같은 것이 있다. 일단 자리에 앉아 물을 한 잔 시원하게 마신다. 그러고는 스마트폰을 들여다본다. 제육볶음, 된장찌개, 반찬, 쌈채소, 밥, 수저가 모두 나올 때까지, 말없이, 진지하게. 대부분은 게임을 하거나 축구나 야구를 보는 듯하다. 여하튼, 세팅이 끝나면 화장실에서 손을 닦거나, 물티슈로 손을 닦는다. 쌈 싸 먹으려면 손 정도는 닦아줘야지.

"여기, 소주 한 병 주세요."

"어떤 걸로 드릴까요?"

"참이슬이요."

대부분은 참이슬. 셋에 하나 정도는 린. 아주 가끔 처음처럼. 소주를 고르는 데 망설임이 없다. 잔과 소주를 가져다주면, 소주를 한 잔 따른 후 쌈을 싼다.

'그렇지, 그렇지, 마늘을 넣어야지.'

손님에겐 미안하지만, 주방에 서서 제육쌈밥을 먹으러 온 손님을 관람하며 맥주를 마저 마신다. 한입 가득, 제육과 채소, 소스의 맛이 퍼진다. 캬!!!

그렇게 첫 입을 먹고 첫 잔을 마시면, 고도의 집중력이 발휘되는 것 같다. 된장찌개 한 입을 떠먹더니 상 위의 음식들을 재

배치한다. 된장찌개를 밥그릇 오른쪽으로, 제육과 쌈을 상 가운데로, 자주 먹는 반찬은 된장찌개 앞에. 매우 만족스러운 표정이다. 주방에 엄마와 내가 있다는 걸 잊었더라면 일어나 박수라도 칠 판이다.

나는 다 마신 맥주병을 치우기 위해 홀로 나가려다 멈춘다. 조용히, 냠냠, 짭짭, 맛있게 먹는데 분위기 깨고 싶지 않다. 고독한 미식가는 멀리 있지 않았다. 느긋하게 자신만의 세계에서 밥을 먹을 수 있는 사람이라면 누구나 고독한 미식가.

"공깃밥 하나만 주세요."

"여기요."

"고기가 많이 남아서….

"제가 밥을 적게 드렸어요. 반찬도 더 드릴까요?"

"아, 김치 좀 더 주세요."

밥을 더 시키면서 뭐가 민망한지 안 해도 될 소리를 한다. 밥을 더 먹어주면 우리야 고맙지, 뭐. 맛없다고 욕 안 하는 게 어디야. 보는 재미까지 주시는데.

그렇게 두세 번 오다 안면을 트면, 주문을 하며 밥을 두 공기 달라거나, 꽈리고추 반찬을 더 달라거나 한다. 이럴 경우, 먹는 사람도 흐름이 끊기지 않으니 좋고, 주는 사람도 두 번 안 줘도

#모든손님을사랑합니다 #혼밥족 #손님관찰일기
#손님이맛있게드시면 #주인은안먹어도 #배불러요!

되니 좋다. 혼자 다니는 손님은 기억해두었다가 미리 알은척을 하기도 한다. 밥을 많이 먹는 손님, 김치를 좋아하는 손님, 쌈채소를 많이 먹는 손님. 그러다 보면, 언제 어색했나 싶게 혼자 와서 밥 먹는 게 편해지는 것 같다.

혼자 밥을 먹는다는 건 제법 즐겁다. 처음 혼자 밥을 먹던 시절엔 대충 한 끼 때우고 말 심산으로 집에서 가까운 분식집에 들어가 제일 빨리 되는 음식을 먹었다. 그러다 뭔가 푸드파이터 같고, 살려고 먹는 것도 같아서 마음을 조금 바꿨다.

맛있는 걸 먹자. 남들과 같이 있을 땐 남들한테 맞추느라 내 마음대로 주문을 못했으니까. 오늘은 치즈까스 세트에 맥주를 마시자. 생맥주를, 시원하게. 생각만으로도 설렌다. 시내 식당으로 나가면 사람이 너무 많아 혼자 밥을 먹기 민망하지만(4인 테이블에 혼자 앉는 건 역시나 어색하다), 동네 맛있는 식당에서는 자리나 시간에 신경 쓰지 않고 천천히 밥을 즐길 수 있다.

가족이 없어서, 친구가 없어서 혼자 밥을 먹는 건 아니다. 그게 혼밥족이라는 이름까지 붙여가며 떠들어야 할 사회적 현상이라고도 생각하지 않는다. 누군가에게는 혼자 밥 먹는 일이 우울하고 쓸쓸할 수 있다. 하지만 가만히 생각해보라. 나를 위한, 오로지 나만을 위한 밥상을 받아본 게 언제였는가. 내가 좋아하는 음식을 처음부터 끝까지 음미해본 적이 있는가.

나와의 관계를 잘 맺어야 타인과의 관계도 잘 맺을 수 있다고 한다. 다른 사람들과 밥을 먹기에 앞서, 나는 어떻게 밥을 먹는 사람인가 생각해보면 좋겠다. 함께하는 사람과의 보다 맛있는 식사를 위해서.

3장

우리 모두는 기특하다

먹고 싶은 거 있으면
전화하세요

식당을 시작할 때, 우리에게는 원대한 포부가 있었다. 맞춤 메뉴 예약 주문 가능. 이것이 무엇이냐 하면, 요즘 소고기뭇국이 엄청 먹고 싶은데, 요리해줄 사람이 없다. 물론, 나는 할 줄 모른다. 그런데 먹고 싶다. 미치도록 먹고 싶다. 이럴 때 우리 식당에 전화를 하면 된다. 요리해줄 사람이 여기에 있다.

식당 같지 않은 식당. 내 집처럼 드나들 수 있는 식당. 돈 안 되고 힘든 것 빼면 괜찮지 않나? 하지만 별것 없는 인생이 늘 그렇듯 결과는 참패. 우리에게 뭘 먹으면 좋겠느냐고, 메뉴는 이게 다냐고 묻는 손님뿐이었다. 먹고 싶은 음식은 언제든 요청하라고 크게, 아주 크게 메뉴판에도, 명함에도 써넣었는데. 그렇게 2년여의 시간이 흘렀다.

"동태찌개 2인분 주세요."

"동태찌개는 예약 메뉴라 좀 기다리셔야 되는데요."

"아… 그럼 그냥 제육쌈밥 2인분 주세요."

갑자기 몰아닥쳐 한바탕 휩쓸고 지나간 손님들 덕에 밥그릇 들고 서서 울 수도 있을 것 같았던 늦은 점심. 한창 설거지를 하고 있는데 좀 말랐다 싶은데 얼굴까지 하얗게 질려 절로 걱정이 되는 여성 한 분과 적당히 건강한 체구에 약간의 근심이 깃든 남성 한 분이 맥없이 입장했다.

손님 치르느라 고생한 엄마와 나를 위해 설거지 끝내고 회덮밥을 먹으러 가려고 했는데. 맛있게 회덮밥 먹고 시원한 도서관에 가서 일하려고 했는데. 아쉽지만 손님이 없어 울던 날을 생각하며 열심히 상을 차렸다.

그런데 잘 먹는 남성분과 달리 여성분은 깨작깨작 된장찌개만 떠먹는다. 그러다 화장실행. 한참을 안 나온다. 뭐 눈엔 뭐만 보인다고, 저건 백발백중 숙취다, 싶었다. 아이고, 엄청 힘드시겠다. 그런데 남성분은 남의 속도 모르고 공깃밥까지 추가해 열심히 먹는다.

"그냥 빵 사다 먹을까?"

"그래."

"무슨 빵?"

"크림 들은 거."

"갔다 올게."

우울하게, 터덜터덜 동네 빵집에서 빵을 사 왔다. 그런데, 신기하게도 여성 분이 식사를 잘 하고 계신다. 식당 공기도 살짝은 가벼워진 것 같다. 화장실에서의 일이 잘 해결되었나, 커피우유에 빨대를 꽂으며 생각했다.

"옆 동네에 이사 온 지 얼마 안 됐대."

"여긴 어떻게 알고 왔대?"

"와이프가 입덧이 심해서 옆 동네 식당부터 하나씩 훑어 여기까지 왔대."

"아이고…."

동생은 일본에서 지낼 때 임신을 했다. 입덧이 심해 아무것도 못 먹고 병원행을 여러 번. 너무 힘들어 임신 3개월 때부터는 한국에 들어와 지냈더랬다. 열심히 밥을 먹는 여성분을 보니, 그때 생각이 나 안타까웠다.

"입에 맞으니 다행이네."

"내가 먹고 싶은 거 있으면 전화하라고 했어."

"잘했네. 우리 처음 목표가 그거였잖아."

"그러게 말이다."

낯선 동네에 적응하며 입덧까지 하는 게 쉬운 일은 아니었겠다. 입덧하는 아내 옆에서 남편은 또 얼마나 마음을 졸였겠나.

"정말 잘 먹었습니다."

"감사합니다."

"전화드릴게요."

아이고, 거래처 직원도 아니고, 애인은 더더욱 아니고. 전화드린다는 말을 이런 데서 이렇게 듣다니. 묘하게 설렌다.

빨리 먹는 밥이 체한다고 했던가. 식당을 처음 시작하면서 맞춤 메뉴 주문이 들어왔으면 정성껏 그럴싸하게 대접하지 못했겠지 싶었다. 식당 같지도 않은 식당. 내 집처럼 맛있는 요리를 할 사람이 없는 식당이 됐을 수도. 에어컨 바람 앞에 앉아 빵을 먹으며 안도의 한숨을 쉬었다.

음흠. 근데 빵 좀 맛있네.

집중이라는 것을 하고 싶다고?

방학 시즌이 되니 편집해야 할 원고들이 모여든다. 작업하는 도서의 주 저자층은 선생님이나 교수님이다. 그들은 방학에 집필이나 출간 작업을 진행한다. 바야흐로 재택근무의 계절이 된 것이다.

"여보세요?"

"네, 네, 바로 처리해드릴게요."

"컴퓨터 켜고 다시 전화드릴게요."

프리랜서라면 응당 '후리하게' 일하는 것을 상상하겠지만 현실은 그렇지 않다. 낮이고 밤이고, 식당이 바쁠 때고, 술을 마실 때고, 너무나 갑자기 전화가 온다. 대부분 급한 용무로, 작업 기간은 2~3일 준단다. 프리의 세계에 입문한 지 얼마 안 된 나로서는 작업 기간이 짧든, 작업비가 적든, 거절할 처지가 아니다. 일단은 뭐든 받아서 해야 한다. 일이 끊기면 생계도 위험하다.

정말 바쁠 땐, 그 좋아하는 친구도 끊고, 점심 장사 마치면 집에서 일만 한다. 수입이 규칙적이지 않으니, 작업실 구하는 건 포기. 조카가 뛰어놀고 소리치는 너른 벌판 같은 집에서 조용히 우그러져 일을 한다. 조카느님 뛰시는데 잔소리는 감히 꿈도 못 꾸고.

"싼타 할아버지 왔다. 선물 받아라."

"감사합니다."

"어, 뭐 하는 거야? 나도 볼래."

"응. 이모 일하는 거야."

동네 카페에도 가봤다. 다른 손님들이 내 새 하얀 노트북 모니터를 힐끗하고 지나간다. 노트북 자랑하러 온 거 아닌데…. 조용히 노트북을 닫고 나와 다시 집으로 간다. 가게 브레이크 타임도 노려봤다. 불이 켜져 있으니, 동네 아주머니들이 엄마가 있는 줄 알고 벌컥벌컥 들어와, 멋쩍게 몇 마디 하곤 가신다. 하하하!!! 저 집중 좀 하고 싶거든요!!!!!

그래서 독립군이라도 되는 양 밤에 몰래 일한다. 다행히 식구들이 초저녁잠이 많아 여덟 시만 돼도 집은 조용하다. 그런데! 여름밤은 벌레가 많다. 하루살이도 있고 무당벌레보다 조금 큰 까만 벌레도 있다. 쓰르르쓰르르 귀뚜라미까지 울어준다면 정말 멋진 여름밤이 될 텐데. 물론, 일만 없다면 말이다.

사람은 적응의 동물이라고 했던가. 이렇게 2주를 버리고 나니 그 시끄러운 데서도 집중이 된다. 조카가 방문을 열고 들어와 침대에서 뛰어도, 예약 손님으로 인한 엄마의 호출에도, 술을 마시자는 친구들의 전화에도. 일단 책상 앞에 앉으면 집중력이 베레베레 올라간다. 이렇게 힘들게 밥벌이하는 언니의 노고도 몰라주고, 동생은 가끔 묻는다.

"언니, 일 제대로 하는 거 맞아?"

"무슨 소리야?"

"하는 걸 볼 수가 없어."

"밤에 몰래 해."

"맨날 누워 있기만 하는데 무슨 일을 한다는 건지 모르겠다."

에라이. 내가! 교정지를 가져다가 펼쳐줄 수도 없고. 벽돌을 쌓아 집 짓는 일이 아니니, 내가 일하고 있다는 걸 식구들이 확인할 방법은 없다. 그들이 보기엔 그저, 한량 하나가 하루 종일 누워 있다 저녁에 겨우 책상 앞에 앉아 몇 시간 꾸물거리는 걸로밖엔 보이지 않겠지.

몇 주 전, 근처 대학 캠퍼스 도서관에 특별회원으로 가입하면 24시간 도서관 열람실을 이용할 수 있다는 정보를 얻었다. 그래서 지금, 특별회원 자격으로 대학 열람실에 앉아 있다. 기숙형 학교라 방학에 사람이 없어, 조만간 열람실을 폐쇄하고, 도서관을 개방해주겠다는 공고문이 붙어 하루살이같이 오늘까지려나, 내일까지려나 눈치 보며 앉아 있긴 하지만 말이다.

사무실을 뛰쳐나오며 쾌재를 불렀지만, 일터 없이 먹고사는 건 역시 쉽지 않다. 보따리장사처럼 교정지와 노트북을 싸들고 다니며 일해야 하고, 저자느님이 S.O.S.를 외치시면 서울까지도 한달음에 달려가야 한다. (모든 작업자가 그런 건 아니지만, 난 발로 일하는 걸 신뢰하는 편이다.) 동네에 사람이 없어 식당엔 알바를 쓸 수도 없다. 점심 장사를 마치고 서울에 가 미팅을 끝냈는데 밤이 늦으면, 친구 집에서 자고 아침 일찍 내려온다. 점심 장사 때 자리를 비울 순 없지.

이리저리 널뛰듯 일하지만 작업비는 늘 내 손에 잠시 머물다

떠난다. 고정 수입이 아니다 보니, 받자마자 쓰기 바쁘다. 물론 월급 받을 때도 통장에 돈을 쌓아놓고 생활하진 못했다만. 여하튼, 일이 있다는 건 참으로 감사한 일이다. 지금 내 옆에는 한 번 펼쳐보지도 못한 교정지가 있고, 마감을 쪼기 위해 전화 앞에서 대기 중인 거래처 직원들이 있다. 자, 이제 일만 하면 되겠다. 노트북만 덮으면 되겠어.

모두가 멀리, 높이
날아야 하는 건 아니잖아요

느지막이 가게에 출근해 아침을 먹으며, 문득 이십여 년 전에 다니던 학원 선생님 생각을 했다. 그녀는 삼십대에 막 들어섰던 것 같았고, 서울에서 대학을 나왔으며, 여행도 좀 즐기던 사람이었다. 그 시대, 그 동네에선 드물게 볕이 뜨거운 날엔 선글라스를 썼고, 한겨울에도 목이 훅 파인 티셔츠를 입고 수업을 하곤 했다.

“나는 어릴 때, 동네에 있는 젊은 언니들을 보면 왜 저러고 있나 싶었어.”

“무슨 소리야?”

"도시로 나가면 할 일이 많을 텐데, 왜 여기서 아무것도 안 하고 있나 싶었어."

달큰한 호박찜을 한 입 물고는 엄마에게 한마디 건넸다. 정말 그땐 그랬다. 동네에서 출퇴근하는 젊은 언니들을 마주하면, 안타까운 생각이 먼저 들었다. 저리도 젊고 예쁜데, 왜 도시로 나가지 않고 여기, 이 시골에 있는 거지? 회사랑 집만 오가며 연애도 안 하고 지루하게 지내는 거지?

"걔들이 왜 할 일이 없어? 회사 잘 다니면서 시집만 잘 갔는데."

"그러게. 학원 선생님도 가만히 생각해보면 정말 자유분방한 사람이었는데. 선생님 집에 놀러 가면 여행 다니면서 찍은 사진도 많고, 대학 다닐 때 찍은 사진도 많았거든. 근데 나 혼자 선생님은 이곳 생활이 불행하고 답답하겠구나, 단정 지었던 것 같아."

"내가 볼 땐 그냥 밝고 재미나게 사는 것 같았는데."

"그치? 지금은 뭐 하시려나."

이십여 년 전 시골 학원에서 학생들을 가르치던 삼십대 초반의 여성은, 지금 무엇이 되어 있을까? 문득 궁금했다. 막상 내가 이십여 년 전 그 여성의 입장이 되고 보니, 지나가는 나를 보고

이 동네 학생들은 어떤 생각을 할까 궁금했다. 화장도 안 한 얼굴에 더벅머리로 냉장고 바지를 입고 삼디다스 슬리퍼로 바쁘게 뛰어다니는, 실없는 아줌마라고 생각하겠지?

시골 동네에 사는 젊은 여성을 보며 이런저런 상상을 했던 사춘기 소녀는, 이십여 년 후 그 여성들과 비슷한 삶을 살게 됐다. 막상 그녀들의 입장이 되고 나니, 어릴 적 단순했던 나의 상상이 미안해진다. 세상 모든 사람들은 각자의 방식으로 각자의 삶을 산다. 억대 연봉을 받는다고 모두가 행복해지는 것도 아니고, 서울에 산다고 모두가 화려한 것도 아니다. 이십여 년 전에는 그걸 알지 못했다.

"중학교 때 서울 가서 살고 싶고 그랬어?"

"아니. 난 시골로 전학 온 게 오히려 좋았지. 날라리, 일진 그런 것도 없고. 애들이 엄청 순수했어."

"근데 왜 그런 생각을 했어? 시골에 젊은 여성이 사는 게 이상한 건가?"

"글쎄. 그냥 답답해 보였어. 뭔가 더 많은 일을 해볼 수 있는 가능성을 차단당한 것 같은 얼굴 같았다고 해야 하나?"

"그 사람들은 그렇게 사는 게 만족스러웠을 수도 있는데?"

그러게. 그들은 그렇게 사는 삶을 스스로 택했을 텐데. 나 혼자 뭘 걱정한 걸까? 시골에서 적당한 직장에 나가며 개인의 삶에 더 많은 것을 투자하는 삶을 왜 답답하다고 느꼈던 것일까? 정해진 시간에만 근무를 하고, 근무를 마치면 플루트를 배우고, 주말이면 짐을 챙겨 자기 차로 운전해 여행을 떠나던 그 여성들에게 어떤 답답함을 억지로 찾으려 했던 건 아닐까?

어릴 적 나는 원대한 꿈을 품고 서울로, 해외로 나가는 어른의 삶을 동경했는지도 모르겠다. 내가 있는 곳에서 잘 살아보고자 하는 건, 현실에 안주하는 지루한 삶이라고 생각했는지도 모르겠다. 어린 나는 시골에서 평화로운 시절을 보낼지언정, 어른이 된 나는 이곳을 떠나 어딘가로 나의 삶을 찾아가야만 한다는 로망이 있었던 것도 같다. 《갈매기의 꿈》에 나오는 조나단처럼, 높이 멀리 나는 것만이 의미 있는 인생이라고 생각했는지도.

조나단처럼 높이, 멀리 날기 위해 도시로 떠난 소녀는, 십여 년을 버둥거린 후에야 높이, 멀리 날기를 포기한다. 아니 목적을 다시 정립한다. 나는 직업인으로서의 성공과 돈을 위해 높이, 멀리 날고 싶어 했다. 그런데 그건 다른 누군가의 가치일 뿐, 나의 가치가 될 수는 없었다. 오랜 시간, 다른 이의 가치를 위해 어깨에 힘을 줬지만, 그렇게 해서는 결코 높이 날 수 없었다. 공포스럽고 지치기만 할 뿐.

그렇다. 어깨에 힘을 빼고, 모든 것을 놓았을 때 비로소 높이, 멀리 날 수 있다. 그러기 위해서는 나 자신을, 내 삶을, 내 시간을 조금은 멀리서 바라보아야 한다. 아침상을 치우며, 어릴 적 동네에 있던 젊은 언니들은 내가 이제야 알게 된 이 사실을 누구보다 먼저 깨달았을지도 모르겠다는 생각이 퍼뜩 들었다.

그러니까, 이것은 어느 누구도 지나가는 누군가의 삶을 재단할 자격은 없다는 그저 그런 이야기.

다시
가까워질 수 있을까?

친밀하다는 건 무엇일까? 사람과 사람이 어느 정도까지 가까워질 수 있을까? 왜인지는 모르겠지만, 난 친밀한 관계를 별로 좋아하지 않는다. 어릴 때부터 대가족 사이에서 허물없이 지내는 게 불편했고, 단짝 같은 것을 요구하는 친구가 있으면 조용히 밀어냈다. 타인을 향한 불타는 사랑 같은 건 미지의 영역이었고, 친밀해지기 위해 겪어야 하는 과정이 힘들어 연애가 애매하게 끝나버린 적도 있다. (뭐, 거의 대부분 그렇다. 연애라고 부르기도 민망한 것들이다.)

그래도 가장 친밀한 사람, 가까운 사람이라고 하면 엄마 정도? 엄마는 평생에 걸친 나의 만행을 별 불만 없이 넘겨준 사람이다. 그렇게 친밀한 사람과 장사를 함께하기로 결심했을 때, 이를 통해 우리의 관계가 어그러질 수도 있다는 부분은 생각하지 못했다. 주변에서 온갖 사례들을 대며 걱정을 해도, TV에 나온 사업가가 동업의 문제점을 신랄하게 지적해도 그저 남의 얘기였다. 엄마는 늘 그 자리에 있는 사람이니까. 내 얘기라면 무조건 오케이 해주는 사람이니까.

남들이 걱정을 하는 데는 다 그만한 이유가 있다. 남의 말을 무조건 따를 필요는 없지만, 참고할 필요는 있다. 엄마와 나는 가게 문을 열고 난 후로 엄청나게 부딪혔다. 직장생활을 하며 옳고 그름을 판단하는 데 신물이 난 나는, 엄마 옆에서도 그걸 그대로 반복했다. 정녕, 사람은 쉽게 변하지 않는 건가.

"이걸 이렇게 두면 보기 안 좋잖아."

"고무장갑을 끼고 홀에 나가면 어떻게 해?"

"뜨거운 걸 들고 그렇게 들어오면 안 되지."

내 지적은 하늘 높은 줄 모르고 치솟았다. 엄마가 숨만 쉬어도 지적을 할 판이었다. 장사를 하며 만난 엄마는 내가 알던 사람이 아니었다. 친밀하고 인자한 사람은 없었다. 음식 조리에 신경이 곤두서 말을 해도 잘 듣지 못하는 사람, 손님의 주문을 제대로 듣지 못해 실수를 하는 사람, 매일 팔이 아프다고 하는 사람만 있었다.

엄마 입장에서는 나도 마찬가지였다. 같이 여행 다니며 수다 떨고, 상사의 잘못에 고민하는 친구 같은 딸은 이제 없었다. 미친 개처럼 하루 종일 뭔지도 모를 소리를 짖어대는 괴물만 하나 있었다. 그렇게 엄마와 나의 관계는 점점 악화되었다.

"엄마랑 싸우는 거 너무 힘들어."

"엄마랑 왜 싸워?"

"내가 뭘 지적하면 엄마는 화만 내. 개선의 여지가 없어."

"개선?"

"여기도 직장인데, 집에서 생활하는 거랑은 다르잖아."

"엄마가 얘기하면 알았습니다, 하면 끝나잖아. 엄마랑 싸운다는 말 자체가 난 좀 이해가 안 가는데."

나보다 훨씬 더 먼저 부모님과 장사를 했던 친구에게 하소연했다가 본전도 못 찾았다. 조선시대 유교사상 운운하며, 함께 장사를 하는 사람으로 대등한 관계를 갖고 싶다고 투덜댔다. 그렇게 1년을 보냈다. 숨 막히는 1년을.

그러다 어느 날, 친구의 말이 무슨 의미인지 알게 됐다. 만남과 이별을 반복하는 친구 커플을 보며 깨달음을 얻었다. 누구한 사람이 지지 않으면, 상대를 있는 그대로 받아주지 않으면 친밀한 관계나 가까운 관계는 불가능하다.

연애의 역사를 제대로 쓰지 못했던 이유는 거기에 있었다. 상대와 부딪히는 시간을 많이 가짐으로써, 상대를 있는 그대로 받아들일 수 있게 되는 건데. 지금 여기서 내가 백기를 든다고, 그 관계에서 패자가 되는 것도 아닌데. 그게 귀찮고 두려워서 매번 도망쳤던 것이다.

엄마는 사십여 년 살림을 해오며 터득한 엄마의 룰이 있었다. 내가 보기에 비합리적이고, 답답해도, 엄마는 그 룰 안에서 충분히 좋은 아내였고, 좋은 엄마였다. 어쩌면 나는 사회적으로 평등한 관계나 합리적인 작업방식을 핑계로, 평생에 걸쳐 조금씩 공들여 쌓아온 엄마의 가치와 생활방식을 송두리째 흔들었는지도 모른다. 엄마는 그 자체로 충분한 사람인데, 말도 안 되는 소리를 해대며 엄마의 인격을 헤집었는지도. 아이고, 나쁜 년.

나는 본 적 없었던 엄마의 모습을 받아들이기로 했다. 엄마의 가치와 생활방식을 존중하기로 했다. 고작해야 삼십여 년 살아온 주제에, 온갖 풍파를 겪으며 육십여 년을 살아온 사람에게 말이 많았다.

그렇게 우리는 엄마와 딸의 관계를 넘어선, 다른 어떤 관계를 맺었다. 전보다 더 친밀하고, 가깝지는 않지만, 상대를 하나의 인격체로 존중해줄 수 있는 관계랄까. 그렇다고 엄마를 향한 지적을 그만둔 건 아니다. 마음가짐이 달라져 말투가 조금 정중해졌을 뿐.

우리 모두는 기특하다

여름휴가라고 신나게 쏘다니다 감기에 걸렸다. 거래처에서는 계속 전화가 오는데, 내 집중력은 깨어날 기미가 보이지 않는다. 몸은 아프다는데 생각 없는 두뇌가 날 이끌고 소주를 마시러 나가, 병원 약까지 먹어야 하는 신세가 되었다. 약을 먹으려면 밥을 먹어야 하는데…. 반찬 꺼내기가 귀찮아 라면을 끓인다.

혼자 살 때는 아프면 다 귀찮아 회사에 안 가고 누워 있곤 했다. 자주 아프지 않아 다행이었지만, 병원도 안 가고 종일 집에 누워 빈둥거리다 보면 이게 사는 건가 싶었다. 밥도 할 줄 몰라 죽을 두 그릇씩 배달시켜 쌓아두고 먹었다. 생수뿐인 냉장고를 열기도 귀찮아 머리맡에 커다란 생수 병을 두고 꼼짝도 안 했다.

할 줄 아는 것도 없지만.

시골집에 내려와 지내다 보니, 조용히 아프기도 힘들다. 때 되면 밥 먹으라고 채근하는 엄마, 이모의 감기 바이러스를 두려워하지 않는 조카, 무더위에 시시때때로 에어컨을 켜대는 아빠, 아들내미 맡기고 친구 만나러 가는 동생. 뭐 그들이 나쁘다는 건 아니고, 그냥 내 상황이 아프기에 녹록지 않다는 소리다.

그래도 그들 덕에 따뜻한 밥도 먹고, 약도 먹고, 서늘한 소파에 누워 있으니 혼자 살 때보다 낫긴 하다. 조카가 공격해 오지 않는다면 가만히 누워 조카가 노는 걸 구경할 수도 있다. 한국어와 영어를 섞어 쓰는 귀여운 조카. "아 유 이팅?"을 "아 유 먹팅?"이라고 말하는 귀여운 조카.

"재 오늘 울면서 똥 쌌어."

"때렸어?"

"아니, 변기에 앉기 싫다고 참다가 그랬어."

"서서 싸다가 앉아서 싸려면 힘들겠지."

"그러게. 그래서 기저귀 떼면 변비 걸리고 그러나 봐."

그렇지. 생각해보면 나도 처음부터 변기에 앉아 큰일을 봤던 건 아니었다. 나도, 너도, 우리 모두 변기에 앉아 큰일을 보기 위해 어떠한 노력을 했을 것이다. 그뿐이겠는가. 앉기, 뒤집기, 걷기, 뛰기, 말하기, 노래하기, 대화하기, 유치원 가기, 길 건너기 등 우리는 어려서부터 수많은 것들에 도전했고 성공을 거두어왔다. 내가 비록 밥도 할 줄 모르고, 자전거도 탈 줄 모르고, 수영도 못하고, 운전도 못하고, 영어도 못하지만, 나는 많은 것들에 도전한 끝에 내가 된 것이다.

아프면 센치해진다더니. 소파에 누워 나의 모든 행적을 더듬으며 나를 기특해하기에 이른다. 아파서 일에 집중하지 못하는 나를 그렇게 위로한다. 거래처 전화는 그러니까 그것은, 에라 모르겠다.

그러고 보면 나는 나를 많이 괴롭힌다. 자기 전에 몇 시간씩 뒤척이며 하루 일을 반성하던 열 살 때 그걸 알았다. 그때부터 매일 밤, 단순하고 쿨하게 살 수 있도록 해달라고, 말투 하나, 행동 하나까지 반성하느라 잠 못 이루는 일은 없게 해달라고 기도했다.

그렇게 이십여 년에 걸쳐 매일 밤 기도를 하니 껍데기는 얼추 쿨하고 단순하긴 하다. 그런데 이게 일을 하거나, 어떤 미션이 주어지거나 할 때는 또 한없이 소심하고 예민해진다. 할 줄 아는 게 아무것도 없다는 둥, 난 왜 이것밖에 못하냐는 둥. 뭐, 네

가 천재나 영재라도 되는 줄 알았냐?

그런 나에게 조카의 탄생부터 성장 과정을 볼 수 있다는 건 대단한 공부 같다. 지금의 내가, 아무것도 할 줄 모르면서 밥만 축낸 식충이 같다고 생각하는 내가, 실은 저 많은 성장 과정을 거치기 위해 노력해왔다. 나의 성장 과정을 나는 몰라도 내 주변의 어른들은 생생히 기억하고 있다. 기억하고 있을 것이다. 그렇게 생각하면 나를 괴롭힐 이유는 없다. 아프면 일을 못하는 게 당연한 거다. 나약해서 그런 게 아니다.

아무것도 할 줄 모르던 꼬꼬마 베이비가 이 정도만 해도 잘하는 건데, 너무 욕심을 부렸다. 토닥토닥.

친구가 필요해

'오늘 저녁 참치 콜?'

'콜! 무조건 콜!'

동네 친구들 단톡방에 글이 올라왔다. 참치라니, 콜이지, 무조건 콜이야. 도시라면 인도 음식이나 태국 음식을 먹거나, 양식을 먹거나, 패밀리 레스토랑이나 뷔페에 가겠지만, 지방 소도시에서 건전하게 먹고 마시기란 쉽지 않다.

지역색 때문인지, 친구 색 때문인지, 나이 색(?) 때문인지 동네 친구 중 대부분은 자영업을 한다. 먹고살 만큼은 벌지만, 수입이 일정하지 않고, 까먹을 땐 대차게 까먹는다.

'오늘 일이 너무 힘들었어.'

'그럼 마셔야지.'

'아, 술 끊어야 하는데.'

'개가 X을 끊지.'

'ㅋㅋㅋㅋㅋ'

자영업을 하다 보니 힘든 일도, 기쁜 일도 고스란히 자기 몫이 된다. 누구를 탓할 것도 없고, 분풀이할 것도 없다. 그나마 다행인 건 자영업을 하는 친구들이 주변에 있다는 것. 기쁜 날이나 슬픈 날, 동네 친구들은 우리끼리 회식을 한다. 회사 상사도, 직장 동료도, 거래처 직원도 없는 회식. 누가 어떤 하소연을 해도 백 퍼센트 이해할 수 없지만, 그런대로 나쁘지 않은 회식.

일은 각기 다르지만, 술을 마시는 이유는 대부분 비슷하다. 받기로 한 돈을 못 받는다거나, 큰돈이 들어갈 일이 생긴다거나, 돈이 잘 벌리지 않을 때. 속물 같지만 자영업자에게 돈은 그 무엇보다 중요한 수단이다. 들고 나는 돈에 일희일비하는 삶을 살다 보면, 거의 모든 가치는 돈으로 매길 수밖에 없다. 그러다 돈 때문에 쩔쩔매는 자신이 싫어지면, 친구들을 불러서 신나게 돈을 쓴다. 그래 봤자 소주 열댓 병에 남들 다 먹는 안주지만.

운이 좋으면 날씨 덕에 술을 마시기도 한다. 친구들 대부분은

#오늘일이너무힘들었어 #그럼마셔야지!
#술끊어야하는데 #개가X를끊지! #ㅋㅋㅋㅋㅋ
#친구들 #모두화이팅

뱃일이나 서비스업을 한다. 비 오는 날이나 겨울에는 일이 거의 없다. 그러면 대낮부터 모인다. 얜 뭐하나, 쟨 뭐 하나, 이리저리 둘러보던 친구가 점심을 먹으며 술판을 벌인다. (그게 내가 되는 일도 있다.) 낮술은 어미, 아비도 못 알아본다기에, 많이 마시지는 않는다. 그런데도 날씨 탓인지 저녁 여덟 시까지 멀쩡하게 남아 있는 친구는 없다.

가끔은 날이 좋아서 마시기도 한다. 점심까지 대충 일을 끝내고 바닷가에 모여 맥주를 마신다. 오해 없길. 그래 봤자 한 캔이다. 새벽부터 일하는 친구들이 있어서 밤늦도록 마시지 못하니, 대부분은 열두 시가 넘기 전에 집에 간다. 모난 친구들은 애초에 떨어져 나간지라, 그렇게 맨날 만나 술 마시고 놀아도 별일 없다. 그냥, 모여서 낄낄거리다 집에 가는 게 다다. 그래서인지 대리기사님들이 우리 전화는 참 반갑게 받으신다. 괜히 대리기사님께 미안한 마음이 들어 대리비를 엄청 주는 친구가 있는 건 안 비밀.

우리도 가끔 정신이 돌아올 때면, 좀 더 건강한 취미를 가져보자며 한참을 이야기한다. 이걸 할까, 저걸 할까, 이건 이래서 별로고, 저건 저래서 별로다. 에잇, 그냥 살던 대로 살자. 마셔!!! 그렇다. 우리는 사실 노는 법을 모른다.

안타깝게도 친구들에겐 취미랄 것이 없다. 그래도 예전엔 모두 취미 하나 정도는 있었는데. 한 친구는 낚시를 열심히 했지만, 갑자기 빚더미에 앉게 되면서 장비를 다 처분하고 낚시를 접었다. 한 친구는 부모님과 싸운 후 홧김에 집 밖에도 안 나오고 게임만 하다, 몇 개월 만에 산신령이 돼서 나타나기도 했다. 또 한 친구는 오토바이를 좋아했지만, 애를 낳으면서 와이프 눈치를 보다 팔았다.

그렇게 이십대 때 취미는 저 멀리 가버렸다. 우리의 젊음처럼, 조용히, 머얼리. 다행인 것은 요즘 친구들이 게임에 흥미를 붙였다는 거다. 예전처럼 미친 듯이 하지는 않지만, 게임을 위해 컴퓨터부터 바꾸는 걸 보면 어지간히 좋긴 한가 보다.

이십대였으면, 그게 뭐라고 비전도 없는 걸 하냐며 다그쳤겠지만, 지금은 다행이다 싶다. 강팍한 인생에 기쁨이 있다는 게 얼마나 즐거운 일인가. 술을 마시고 취해 잠들지 않아도 웃을 수 있는 일이 있다는 게 얼마나 감사한 일인가.

맨날 게임이나 하고, 술이나 마시며 낄낄거리고 싶지만, 자영업자는 그렇게 한가할 수 없다. 내가 움직이지 않으면, 그 무엇도 바뀌지 않으니까. 자영업으로 살아가는 친구들이 가끔은 안타까워 '눙물'이 앞을 가리지만, 그래도 난 이 친구들이 좋다.

누구보다도 자기 자신을 잘 알고, 자신이 원하는 게 무엇인 줄 알며, 가족을 책임진다는 게 어떤 의미인지 아는 친구들, 밤잠 못 이루며 돈을 벌지만, 어려운 친구에게는 선뜻 손을 내밀 줄 아는 친구들, 끊임없이 인생과 맞서는 친구들이 멋지다.

그런 의미에서 오늘도 한잔?

누가 땀 흘려 일한 자에게 돌을 던지랴

몇 주 전부터 가게에 저녁 손님이 늘었다. 옆 동네에서 어떤 공사를 시작했는데, 일하러 온 사람들이 이 근처까지 집을 얻었단다. 직장인 위주로 점심 장사를 하며 저녁 일곱 시면 퇴근을 하던 엄마는, 퇴근 시간에 손님을 맞는 일이 잦아졌다. 프리랜서로 일하느라 점심 장사만 돕던 나도 저녁 장사를 돕게 됐다.

공사 현장에서 종일 일하다 온 손님들은 점심 손님보다 밥을 많이 먹는다. 보글보글 찌개에 따끈한 밥 한 공기를 주면, 돌아서기가 무섭게 밥을 더 달라고 한다. 식사량은 개인마다 다르다고 생각하는 우리는, 공깃밥 추가분에 대한 값을 받지 않는다. 찌개나 요리를 더 줄 수는 없지만, 요구에 따라 밥이나 반찬은 당연하게 더 준다. 어차피 남아봐야 버리기밖에 더하겠는가.

최근 자주 오는 손님 한 분은 밥을 평균 세 공기 정도 먹는다. 우리는 식당용 스테인리스 밥그릇 대신, 가정용 사기 밥그릇을 쓴다. 사이즈도 물론 더 크다. 큰 공기에 가득 담긴 밥을 손님들이 두세 공기씩 먹으면, 어떤 날은 밥이 중간에 동나기도 한다. 그럼 엄마는 압력밥솥을 불에 올려놓고 밥을 얻으러 앞 식당으로 간다. 이날은 자주 오는 손님에게 얻어온 밥마저 다 털어주고 난 후였다.

"계산해주세요."

"어? 지금 밥 하고 있는데. 한 공기 더 드시고 가세요."

"아이고, 오늘은 기권할게요."

"새 밥이라 맛있을 텐데."

농담이나 비아냥이라기보다는, 정말로 새 밥을 드리고 싶었다. 다른 집 밥 말고, 따끈따끈하고 달큼한 우리 집 새 밥을. 그래서인지 손님도 기분 나쁘지 않게 농담을 받아넘기고는 돌아서 나갔다.

어릴 때부터 현장직, 일명 노가다꾼을 마주치면 희한하게도 울컥하는 감정이 먼저 들었다. 우리 아빠가 바로 그 노가다꾼이었기 때문일까. 꼭두새벽에 나가 밤늦도록 일하다 새벽쯤에야 술 취한 채 뚜벅뚜벅 비틀거리며 초인종을 누르던 아빠. 땀 냄새 가득한 작업복과 안전화를 벗으며 큰 숨을 쉬던 아빠. 주말도, 공휴일도, 여름휴가도 없이 일하던 아빠.

지금 생각해보면 아빠는 특수 용접을 하던 기술자였고, 품질 관리를 하던 QC라 거래처 접대를 위해 땀 흘리며 술을 마셨던 건데. 어린 마음에 우리를 위해 종일 힘들게 일하고, 술까지 마시고 들어오는 아빠가 안쓰러워 초인종 소리가 울리면 괜히 미안하고 그랬다. 그래서 술에 취한 아빠가 과자를 몇 봉지씩 사와 나를 깨우며 먹으라고 하면 세 개고 네 개고 열심히 먹다, 배탈이 나기도 했다. (하하, 나 효녀??)

"여긴 언제 쉬어요?"

"일요일이랑 공휴일은 쉬어요."

"그럼 내일은 다른 데서 밥 먹어야겠네."

"일요일에도 일하시나 봐요."

"우린 일요일이고, 공휴일이고 없어요."

괜히 또 미안하고, 짠하다. 그러다 생각했다. 이분들은 거의 대부분 월급보다는 일당을 받는다. 이렇게 지방까지 내려와 방을 얻어놓고 일할 정도면 일당도 적지 않단 얘기다. 잘은 모르지만, 일당이 제일 센 건 용접, 그다음은 전기라고 들었다. 그 중간 어디쯤에 석공이 있는 것 같고. 이들의 하루 일당은 적어도 20만 원 이상. 주말에, 공휴일에 쉬는 것도 좋지만, 본가가 먼 사람들은 월세 까먹어가며 식구도 없는 방에서 혼자 쉬느니, 일을 하루라도 빨리 끝내고 본가로 돌아가는 게 이득이리라.

흠흠. 종일 땀 흘려 일하고 그 대가를 받아가는 사람들을 왜 내 마음대로 안타깝고 불쌍하게 여겼을까? 어디 가도 밥 굶지 않을 사람은 내가 아니라 그들인데. 마음 밑바닥에 공부를 안 해서, 돈이 없어서 저런 힘든 직업을 가진 거라는 허튼 생각이 자리 잡고 있는 건 아닐까. 어쩌면 그들은 나를 안타깝게 느낄 수도 있는데.

밥 한 끼 주면서 별 생각을 다 한다. 밥이나 떨어뜨리지 말아야지.

지금은
마감 캠프 중

"어쩐 일이세요?"

"마감하고 답답해서 무작정 제주도 왔는데, 숙소들이 다 예약이 찼다네요."

"지금 어딘데요?"

"제주공항에 있어요. 희원 씨랑."

"네??? 언제 가시는데요?"

"몰라요. 마감하고 욱해서 오는 티켓만 끊었어요. 근데 갈 데가 없어, 허허."

"그, 그럼… 저희 집으로 오실래요?"

"오, 정말요? 우린 고맙지. 지금 가도 돼요?"

마감하다 엄청 엄청 놀고 싶어 제주도에 사는 친구에게 전화를 걸었다. 제주도도 아니면서 제주도인 척 사기를 쳤다. 마치 진짜 제주도인 양, 전화 받던 친구가 깜빡 속아 넘어가 스트레칭 하던 몸을 일으켜 세워 방문을 박차고 나올 때까지. 그래도 우울한 기분은 가시질 않는다. 오랜만에 서울까지 왔는데 이게 뭐냐, 이게.

"편의점 갈 건데."

"같이 갈까요?"

"네. 잠 좀 깨고 와요, 우리."

이것은 장난전화로 겨우 마음을 가라앉히고 일하느라 이틀 동안 밤샌 자들이, 자정 무렵 몰려오는 잠을 떨치려 몸부림치는 소리다. 시골에서 프리랜서로 일하고 있지만, 책임 편집의 경우 작업물 마감은 서울에 와서 직접 하기도 한다. 디자이너 사무실에서, 디자이너와 오붓하게. 주말 사이에 일을 최대한 마치고 장사에 지장 없게 내려가려면, 2~3일 밤새는 건 당연해진다. (디자이너는 무슨 죄인가. 따지자면 할 말 없다.)

서울에 올라오기 전, 작업한 원고 뭉치를 배낭에 챙겨 넣으며 생각했다. 오랜만에 서울에 가니까 전에 다니던 회사에도 가보고, 못 본 친구들 만나서 외국 음식도 먹어야지. 빨리 마감하고

도시의 밤을 즐겨야지. 아하! 영화 보는 것도 잊지 말자. 하지만 현실은 늘 그렇듯 시궁창.

디자이너 사무실에 도착하자마자 스타일 바꿔보겠다며 마음 먹고 산 외출용 치마부터 꺼내 옷걸이에 걸어두었는데, 저것은 자린고비의 굴비도 아닌 것이 왜 입질 못하는 게냐. 디자이너 사무실에 와 작업용 추리닝으로 바꿔 입은 지 마흔여덟 시간. 잠이 올 때, 샤워 한 번씩 하고 속옷만 겨우 갈아입으니 가방 가득 싸온 외출복은 꺼낼 일이 없다. 야무지게 소설책 한 권과 시집 한 권도 챙겨 왔는데, 당최 쓸데가 없는 야무짐이다.

"종일 비가 와서 그런지 시원하네."

"그러게요. 이젠 추워요."

"비가 와도 사람들은 술을 마시네요."

"내일 쉬는 날이잖아요."

내일은 광복절. 광복의 기쁨을 아침 일찍 만끽하고 나가 놀아야 하는데. 얼마 만에 온 서울인데, 서울이라는 걸 느낄 수 있는 건 늦은 밤에도 아메리카노를 마실 수 있는 카페가 있다는 것과 밤새도록 골목을 밝히는 편의점이 있다는 것.

편의점 안을 몇 바퀴 돌고 난 뒤, 디자이너와 핫식스를 사 마시며, 손에는 하리보가 든 봉지를 들고 살방살방 시원해진 밤거리를 걷는다. 사무실이 코앞에 있지만, 다른 골목으로 좀 더 먼 골목으로 돌아서 돌아서 사무실까지 걷는다.

광복절 다음 날 아침에는 시골집 식당에 있어야 한다. 예약을 받고 점심 손님을 맞아야 한다. 시간이 없다. 잘 시간이 없다. 없는 정신에 파일을 확인하고 또 확인한다. 밤새 디자이너와 작업물을 확인하고, 수정하고, 아침 무렵이면 본사에 컨펌을 부탁한다. 수정사항이 오면 또 작업해서 저자에게 보낸다. 그리고 컨펌을 기다리고 또 수정한다. 어제가 오늘인지, 오늘이 그제인지, 내일이 오늘인지 모를 지경이 될 때까지, 열심히.

그래도 디자이너 사무실에 있으니, 다른 건 신경 쓰지 않고 일에만 집중할 수 있어 좋다. 도시의 밤거리가 나를 기다리지만, 조용한 사무실에서 일거리를 붙들고 밤을 지새우는 게 얼마만인지 반갑기도 하다. (그래. 서울 살 때도 사무실에 콕 박혀 지냈는데, 새삼 무슨 욕심이냐.) 눈에 인공눈물을 넣으며, 캡슐커피를 내려 마시며 직장인 느낌을 한껏 즐긴다.

"지겹다, 지겨워."

"벌써 일어나셨어요?"

"일어나지 마요. 수고했어요."

“네, 조심히 가세요.”

겨우 일정 안에 마감을 하고, 두어 시간 눈 붙이고 일어나 배낭을 챙겼다. 서울의 밤거리는 만끽하지 못했지만, 직장인 시절의 마감 캠프는 확실히 만끽한 3박 4일이었다. 모든 정신을 쏟아부었으니, 몇 개월은 서울 생각, 직장생활 생각 안 하고 지낼 수 있을 것이다.

식당으로 돌아가 예약을 받자. 조용한 서울의 새벽을 지나 직장인들이, 일에 영혼까지 털린 직장인들이 밥을 달라며 좀비처럼 달려오는 그곳으로 돌아가자.

아메리카노를

원해

"다 치웠나?"

"어. 점심 뭐 먹지?"

"너무 더우니까 입맛도 없네."

"그러게. 커피나 마시러 갈까?"

식당 주방의 여름은 상상 이상으로 덥다. 홀에 에어컨을 두 개씩 틀어도, 점심 장사를 하고 나면 땀으로 온몸이 끈적인다. 그럴 땐 밥보다 커피다. 차를 타고 5분 정도 나가야 하지만, 바닷가가 보이는 카페에서 에어컨 바람 맞으며 아이스 아메리카노 한 잔 하다 보면, 언제 땀이 났나 싶게 뽀송해진다.

"음… 커피는 아메리카노지."

"그게 뭐가 맛있어?"

"시원하잖아."

"그래도 난 믹스 커피가 제일 맛있더라."

"믹스도 마실 만하지. 근데 아메리카노는 그거랑은 또 달라."

아포가토를 시킨 엄마는 아이스크림과 함께 나온 에스프레소를 나에게 밀어주며 이해할 수 없다는 듯 물었다. 매번 비싼 아포가토 시켜놓고 바닐라 아이스크림만 먹는 엄마가 난 더 이해할 수 없는데.

서울에서 지낼 땐, 밤이고 낮이고 생각날 때마다 아메리카노를 마실 수 있었는데. 집에 배달까지 시켜 마셨는데. 시골에서 지내니 아메리카노 한번 마시는 것도 큰 결심이 필요하다. 정말 더운 날이나 기분이 안 좋은 날, 그래서 나에게 상을 주고 싶을 때 아메리카노를 마시러 간다. (아메리카노 이야기를 하니 아메리카노를 마시고 싶다. 너무나.)

"우리 가게 커피는 맛이 없어?"

"아니."

"근데 왜 맨날 여기 와서 마셔?"

"글쎄. 나와서 마셔야 마신 것 같아."

"돈 쓰는 방법도 가지가지다."

우리 식당에 원두와 드리퍼, 더치커피 내리는 기계가 있는데도, 매일 아메리카노를 마시는데도, 왜 밖에 나가서 아메리카노를 마셔야 맛이 나는 걸까. 누군가의 말처럼 커피는 맛으로 마시는 게 아니라 분위기로 마시는 거라 그런가. 카페 안팎을 둘러보며 빨대로 쪽 빨아 마시는 아이스 아메리카노가 오늘따라 유독 맛있다.

"가끔 기계로 내린 커피가 마시고 싶어."

"드립커피나 더치커피가 더 순수한 맛이 나는데?"

"웃기지? 기계로 진하게 내린 커피는 한 잔만 마셔도 커피를 마셨구나, 하는 느낌이 들거든. 근데 드립이나 더치는 여러 잔 마셔도 속에서 이제 커피 그만, 하는 소리가 안 들려."

"뭔 말인지 모르겠네."

"그러게. 나도 모르겠네."

밖에서 마시는 커피가 맛있는 이유에 대해 생각하다 나름의 결론을 내렸다. 그냥 커피가 아니라 기계로 내린 커피가 생각날 때도 있다고. 제법 그럴듯한 결론이다.

원재료의 맛이 제대로 나는, 자연 친화적인 음식을 좋아하는 편이지만, 그렇다고 과자를 안 좋아하는 건 아니다. 단맛을 싫어하지만 초콜릿은 좋아한다. 그런 맥락에서 드립이나 더치커피를 좋아하지만, 기계로 내린 커피를 싫어하는 건 아니다. 나름의 균형 잡힌 입맛이라고나 할까.

여하튼 카페에서 느긋하게 커피를 마시고 있노라면, 시골생활의 답답함이라든가 더위라든가 막막한 미래라든가 하는 것들은 다 사라져버린다. 오롯이 나와 커피와 풍경과 음악만이 남는다. 전투력이 완전히 사라진 온순한 나만 남는다.

"다 먹었으면 빨리 가자."

"좀 있다 가지, 왜?"

"배고파. 밥 먹어야지."

그런데 웃긴 건 커피를 다 마시면 카페를 나가야만 할 것 같은 압박감이 든다는 것이다. 이런 나를 두고 친구들은 가족과 외식 나온 아버지 같다고 했지, 아마. 용건 끝났으면 빨리빨리 일어나야지 언제까지 앉아 있을 셈이야. 여유 부리며 음악을 듣던 나에게 마음이 말한다. 예, 예, 일어납니다요.

나를 비우는 시간

오늘은 월요일. 일상적인 패턴으로는 가게에 있어야 하지만, 집에 일이 있어 식구들은 모두 아침 일찍 외출하고 나만 집에 남았다. 느지막이 일어나 빈둥거리며 스마트폰으로 웹툰을 한참 보다 부엌으로 가 물을 한 잔 마셨다. 음, 뭘 먹을까. 오래 생각할 필요는 없다. 결국 아침으로 라면을 먹을 테니.

라디오를 틀어놓고 후루루 짭짭 라면을 먹는다. 오랜만이라 그런지, 혼자라 그런지 라면이 엄청 맛있다. 좀 더 집중하고 싶어 라디오를 껐다. 고요한 집에 후루룩거리는 소리만 퍼져 나간다.

"여보세요."

"언니, 뭐 해?"

"라면 먹어."

"혼자 심심할 텐데 놀러 올래?"

"아니, 절대 아니."

"하하하. 알겠어. 나도 안 갈게."

"좋은 생각이야."

"응. 쉬어."

오예! 눈치 빠른 동생이 이럴 땐 센스까지 있다. 라면을 마저 먹고 음악을 들으며 설거지를 하고 소파에 누웠다. 하루키 신작 소설이나 읽어볼까, 싶어 책을 펼쳤다. 두세 페이지도 채 읽지 못하고 책을 덮었다. 아무래도 책이나 읽기엔 시간이 좀 아깝지 않나 싶었다. 그래서… 창문을 다 열고 청소기를 돌렸다. 더워서 샤워를 했다.

"저 바다에 누워 외로운 물개 될까. 뚜뚜룹 뚜루 뚜루루루룹!"

욕실 문을 열어놓고 샤워를 하며 생각나는 노래에 아무렇게나 가사를 붙여 불렀다. 아무도 없으니 좋군, 하고 생각하면서. 샤워를 마치고는 맨몸으로 속옷을 입으러 방까지 갔다. 천천히, 느긋하게, 걸어서.

옷을 입고, 머리를 말리고, 화장품을 바르고 다시 소파에 앉았다. 그럼 이제 뭘 할까. 또다시 하루키의 소설을 펼쳤다. 하루키의 소설에 감탄하던 시기는 이미 오래전에 지났지만, 그래도 이상하게 하루키의 신작 소설이 나왔다고 하면 읽게 된다. 열심히. 그런데 이번 소설은 집중이 잘 안 되네. 지루하고. 내가 늙은 건가, 하루키가 늙은 건가. 소설을 읽기보다는 소설을 매개로 쓸데없는 생각을 한다.

이번 달 들어 두 권의 편집 마감을 했다. 그중 열정을 불사른 한 권 때문에 모든 에너지가 소진된 상태였다. 회사에 다닐 때라면 마감통(대개의 편집자는 책을 마감하면 아프다. 머리가 아프거나, 소화기관이 아프거나, 몸살이 나거나 하는 식이다. 그래서 하루 정도는 쉬어야 한다. 우리끼리는 이를 '마감통'이라 부른다)을 핑계로 하루 정도 결근을 하고 홀로 집에서 푹 쉴 텐데, 지금은 가게에 계속 일이 있고, 집에 식구들이 있어 온전히 쉬기란 쉽지 않다. 외주 주제에 마감통이 가당키나 하단 말이냐, 하는 마음도 조금 있고.

여하튼 폭발 직전에 종일 집에 혼자 있게 되어 다행이라는 생각이 들었다. 안 그랬음 한 일주일 제주도에 다녀와야 했을 수도 있는데. (이 편이 더 낫긴 하지, 흠.) 그렇게 소파에 누워 별 의미도 없는 독서를 하고 있자니, 친구에게 전화가 왔다. 들으나 마나 술이지 뭐. 다른 때 같으면 쪼르르 달려 나갔겠지만, 오늘은 집에 혼자 있으니 그럴 수가 없다. 어떻게 얻은 기회인데, 그렇게 쉽게 날릴 순 없지. 저녁까지 철저하게 즐겨주겠어.

커피가 너무나 마시고 싶었지만, 외출하지 않았다. 책을 읽다 자다 일어나 다시 책을 읽었다. 소파에 가만히 누워 흘러가는 시간을 감상했다. 가끔은 이렇게 나를 비워줘야 하는데 그동안 이걸 얼마나 안 한 걸까, 생각했다. 시골에 내려와 종일 동동거리거나 자책하다 술에 취해 잠드는 날이 많았다. 식구들과 함께 사는 집에서 혼자만의 시간을 갖기란 쉽지 않았다. 아니, 가질 마음이 없었는지도.

식구들과 함께 있으니, 나를 돌아볼 시간은 많았지만 나를 비워낼 시간은 없었다. 외부의 사람으로부터 어떤 에너지 같은 것을 계속해서 받아들이고 소화시키기에 바빴다. 에너지 반사를 해놓고 나를 오롯이 지켜보고 비워내지 못해 혼자 시간 쓰는 법도 잊고 말았다.

해 질 녘이 되어 식구들이 돌아왔다. 동생과 조카도 왔다. 나는 아직 소파에 누워 나를 비워내는 중인데, 식구들의 대화 소리가 꽤 컸다. 조금 더 이 시간을 즐기고 싶어 책을 들고 방으로 들어와 문을 닫았다. 군중 속의 고독을 즐기는 법을 배워야 할까. 당분간은 이 집에서 나가기 힘들 테니 이 집에서 혼자가 되는 법을 찾아봐야지.

친구의 부모님을 만났을 때

마스다 미리 산문집에서 본 표현법을 인용하자면, 난 12세를 3회 산 36세 미혼 여성이다. 어른들이 말하는 딱 좋을 나이에 결혼한 친구들은 벌써 애를 낳아 초등학교에 보냈으니, 이제 슬슬 어른들의 결혼 걱정을 들을 나이가 된 것이다. (결혼 걱정은 진작부터 들어왔지만, 요즘처럼 많이 들은 적도 없다. 그런 의미에서….)

십여 년 만에 고향에 내려와 지내다 보니 친구들의 부모님을 자주 만난다. 마트에서, 길에서, 친구 집에서, 우리 가게에서, 친구 가게에서…. 늘 함박웃음으로 나를 맞아주시지만, 곧이어 나오는 말들은 대부분이 짐작하듯 결혼 얘기. 한결같은 결혼 걱정. 요즘은 나에게 잔소리를 하고 싶게 만드는 주파수가 있는 건 아닐까 하는 의구심마저 든다.

 # 동네 마트에서

나 안녕하세요!

친구 母 어쩐 일이여?

나 친구들 놀러 와서 고기 사러 왔어요.

친구 母 남자 생겼냐?

나 아니요. 대학 때 친구랑 친구 애기들 휴가 왔어요.

친구 母 아이고. 니 새끼들을 먹여야지. 느이 엄마는 남자 자빠뜨리는 방법도 안 알려준다니?

나 헤헤. 몰라서 못하나요??

친구 母 뭐… 그건 그렇지.

 # 우리 가게에서

나 어서 오세요.

친구 父 야!!! 너덜은 왜 시집도 안 가냐?

나 미경이 왔다 갔어요?

친구 父 그려. 속 터져 죽겄다. 왜 안 가는 겨?

나 일 잘하면 됐지, 시집까지 가야 돼요?

친구 父 얼라? 일은 일이고 시집은 시집이지. 때가 됐는데 왜 못 가냐?

나 미경이한테 잔소리하고 남은 거 하러 오셨어요? 허허, 전 괜찮아요.

친구 父 괜찮긴 뭐가 괜찮냐. 어이구… 밥 줘!

 # 길에서

친구 父 오디 가냐?

나 마트 가요.

친구 父 너도 많이 늙었다.

나 저도 사람인데 늙죠.

친구 父 얼른얼른 가. 이제 주름 생기겄어.

나 (헐…) 네네, 가야죠.

 # 친구 가게에서

나 안녕하세요.

친구 母 또 술 먹을라고 왔냐?

나 네. 어디 갔어요?

친구 母 바다에서 일하고 있지.

나 언제 끝나요?

친구 母 물러. 너덜 만나야 맨 남는 것도 없고, 안 갈켜줄텨.

나 먹는 게 남는 거죠. 불러서 다녀올게요.

친구 母 아이고, 난 인자 모르겄다. 부르든가 말든가.

 # 친구 집에서

친구 母 애인 있냐?

나 아니요.

친구 母 옴마. 왜 없다?

나 그러게요.

친구 母 내 전화로다가 사진 좀 보내줘봐.

나 누구 소개해주시게요?

친구 母 어. 즈어기 오디 남자 하나 있댜. 시커먼 놈들이랑 그만 놀러 댕기고 가야지.

나 네. 안녕히 계세요.

친구 부모님들을 만나면 웃으며 돌아서지만, 속으로는 부모님들의 걱정에 하나도 신경 쓰지 않는다. 내용은 알은척을 위한 형식에 불과하달까. 다른 어른들이 결혼 애기를 하면 화부터 나는데, 친구 부모님들의 결혼 걱정은 어쩐지 정겹다. 결혼한 친구 부모님이든, 결혼 안 한 친구 부모님이든 인사의 끝은 늘 결혼인데도 지긋지긋하지 않다.

나도 나이를 먹고 친구 부모님들도 나이를 먹어 아프고, 늙어서 큰소리도 못 치는 나이가 되면, 이것도 아쉽겠지 하는 마음이다. 예전이나 지금이나 날 변함없이 어릴 적 꼬마로 봐주시는 분들의 걱정이기에 안심이 될 때도 있다. 모르는 사람들의 잔소리보다야 백 번 낫지, 암. (이런 걸 두고 '자기 위안'이라고 하는 건가.)

열심히 일하는
아주머니들

동네에 엄마 또래 아주머니들은 참 열심히 일한다. 해 뜨기 전부터 달이 뜰 때까지, 쉬지 않고 일한다. 기본적으로 농어촌이니 농사를 짓거나 굴을 캐거나 하는 일을 한다. 어떤 분들은 동네를 벗어나 옆 동네 큰 회사에 청소나 빨래 등을 하러 다닌다. 원룸 청소 같은 알바를 하기도 한다. 이에 만족하지 않는 분들은 자격증을 따 요양보호사나 조리사 등으로 나서기도 한다. 동네에서 쉬는 아주머니를 여간해서는 찾아보기 힘들 정도다.

"오목이, 병원에 입원했대."

"왜?"

"회사에 출근하다가 교통사고 났대."

"회사? 그 아주머니 식당 하시잖아."

"그건 밤에만 하니까, 낮에는 회사에 알바하러 다녔거든."

"아이고, 많이 다치시진 않았대? 아주머니도 참 어지간하다."

식당을 하는 아주머니들도 예외는 없다. 밤에 장사를 하시는 분들은 낮에 알바를 다닌다. 엄마와 앞집 식당 아줌마는 2주 전에 브레이크 타임을 이용해 원룸 청소 알바를 나갔다가 심한 몸살을 앓았다. (엄마는 링거까지 맞았다.)

동네 아주머니들은 왜들 열심히 일하는 걸까? 돈이 없어서? 아니, 차도 있고 집도 있다. 자식이 속 썩여서? 아니, 다들 지 앞가림은 하고 산다. 그럼 왜, 어찌하여 자신의 몸을 혹사하면서까지 일하는 것일까?

"저녁에 장사하는 것도 힘들 텐데 낮엔 쉬시지."

"장사가 잘 안 되니까 그랬나 봐."

"컨디션 관리 못 해서 사고 나면 더 큰 손핸데."

"뭐 그럴 줄 알았겠어?"

"건강해야 돈도 벌고 돈도 쓰지."

엄마는 전업주부였다. 내가 스무 살 때까지 이십여 년을 전업주부로 산 셈이다. 아저씨 셋 하숙 친 걸 빼면 알바도 해본 적이 없다. 그런데 내가 스무 살이 되던 해에 아빠가 해외로 일하러 가고, 내가 대학을 가면서 독립하게 되자, 동생과 둘만 남은 엄마는 심심한 마음과 불안한 마음이 들었던 것 같다. 낮이면 동네 사람들은 다 일하러 가고, 집에는 아무도 없고. 열심히 청소하고 밥을 해도 동생과 둘이 밥을 먹으니 보람도 약간은 줄었을 것이다. 그 무렵 엄마가 처음으로 진지하게 말했다.

"나 초등학교에 알바 갈까 봐."

"무슨 알바?"

"급식실."

"거긴 왜 갑자기?"

"동네에서 나만 놀고 있는 것 같애. 다들 열심히 사는데."

그렇다. 돈이 문제가 아니었다. 온 동네 사람이 지나치게 열심히 일을 하니, 집에서 살림만 하던 엄마는 상대적으로 자신이 무가치한 인간은 아닌지 의심이 들었을 것이다. 이러한 논리로 동네 대부분의 아주머니들이 사시사철, 불철주야 일을 하시는 것이리라.

"안나 씨, 요즘 많이 바빠요?"

"네… 뭐…."

"아르바이트 하나 있는데. 일곱 시 출근, 일곱 시 퇴근이고,

월 삼백. 2개월만 일하는 거예요."

"아… 근데 저는 가게가."

"뭐, 엄청 바쁘지도 않은 것 같은데. 몇 달은 괜찮지 않을까?"

"가게 말고도 프리랜서로 진행하는 일이 있어서요."

"그렇구나. 일 있을 때 하면 좋을 텐데. 그래요, 그럼."

동네 부동산 아저씨의 알바 제안을 거절하자, 그는 아쉬움 섞인 뒷모습만 남기고 가게를 나갔다. 분명히 나는 일을 하고 있는데. 가게 일에 내 일로 머리가 터지기 직전인데. 그래도 일이 있으면 사양 말고 해야 하는 건가? 솔직히 월 삼백이라는 말에 혹하긴 했지만, 나는 내가 가야 할 내 길이 있는데.

열심히 일하는 것 자체를 부정하진 않는다. 그러나 내가 왜 일하는지, 어떤 일을 할 때 즐거운지 정도는 알고 하고 싶다. 돈이 많아서 나쁠 건 없으니까, 노느니 염불한다고 일이 있을 때 하는 게 좋으니까, 하는 일은 내 삶을 크게 풍요롭게 하진 못하는 것 같다. 일을 하고 돈을 버는 것만이 가치 있다고 생각하지도 않는다. 돈을 위해서, 일을 위해서 일을 하고 돈을 벌면, 그 돈은 그 일로 인한 스트레스를 풀기 위해 별거 아닌 데 써버리고 만다. (안 그런 사람도 있겠지만, 나는 그렇다는 얘기다.)

열심히 일하는 동네 아주머니들 또한 부정할 생각은 없다. 열심히 돈 벌어서, 여행도 가고, 딸내미 비싼 냄비도 사주고, 손주들 유모차도 사주고, 맛있는 회도 먹으러 다니는 삶을 부정할 이유는 없다. 그녀들만의 즐거운 여생을 위해, 몸을 조금 더 아꼈으면 하는 바람만 가질 뿐이다.

4장

밥보다 중요한 게 어디 있니?

밤길을 달리는 할머니

장사가 늦게까지 이어진 날. 지친 몸골로 퇴근해 밥상 앞에 앉았다. 가스레인지에 불을 켤 여력도 없어 식당에서 싸 들고 온 반찬 두어 개와 남은 밥을 양푼에 넣고 비비던 참이었다.

"여보세요. 네, 네"

"무슨 전화야?"

"너 먼저 먹어."

엄마는 허물처럼 벗어둔 바지를 다시 추려 입고 황급히 나갔다. 안 봐도 비디오다. 늦은 시각, 누군가가 밥 먹을 곳을 찾지 못해 엄마에게 전화를 한 것이다. 퇴근 후에도 쉬지 못하는 엄마에게 화가 나면서도 안쓰러운 마음이 들었다. 그래도 기왕 비

빈 밥이니 안 먹을 수도 없고 수저를 들었다. 그렇게 밥을 먹고 샤워를 하고 물을 한 모금 마실 즈음에 엄마가 다시 나타났다.

"이번엔 누구래?"

"응. 반바지 아저씨."

"줄 게 있었어?"

"된장찌개에 대충 줬어. 뭐라도 달라고 하는데 뭐가 있어야지."

"그래도 어찌어찌 한 끼 하고 가셨나 보네. 밥 먹어."

"응."

물을 마저 마시고 밥상 앞에 다시 앉았다. 밥도 조금씩만 먹는 할머니가 어디서 그렇게 힘이 나는지, 손님에게 전화가 오면 아직도 뛰어나간다. 그도 그럴 것이, 예전부터 엄마는 밥이 제일 중요한 사람이었다. 누가, 어딘가에서 불쑥 찾아오면, 앉을 자리를 안내해주지도 않은 채 밥부터 먹으라며 부엌으로 사라지곤 했다.

"나 처녀 때 포항에서 잠깐 살았잖아."

"어."

"그때 우리 오빠가 그 동네에 밥 먹을 데가 마땅치 않다고, 월급 줄 테니 회사 그만두고 내려오라고 한 거잖아."

"그래서 다니던 회사를 그만두고 간 거야? 그 젊은 나이에?"

"어. 밥보다 중요한 게 어딨니?"

아프다고 끼니를 거르면, 머리맡에 예쁘게 깎은 복숭아라도 놓아주시던 외할머니를 닮았나, 엄마는 끼니를 무척 중요하게 생각한다. 엄마의 오빠, 그러니까 나의 외삼촌은 건설 현장에서 일하던 기술자였다. 특수용접인가 하는 기술을 가지고 있었는데, 전국의 건설 현장을 다니며 일하다 보니, 밥 먹을 데가 마땅찮았던 모양이었다. 그래서 이제 막 사회생활을 시작한 여동생에게 "너는 나에게 밥을 다오, 나는 너에게 돈을 줄 터이니"라는 제안을 한 것이다.

그때 외삼촌 옆에서 기술을 배우던 사람이 지금의 우리 아빠다. 손예진처럼 생긴 젊은 처자가 조신하게 밥상을 차려내는 모습에 안 반하면 이상하지. 당시 망아지같이 살던 아빠는 엄마에게 반해 3년을 따라다녔다고 한다. 그 사랑이 얼마나 지극했던지 외가 식구들은 이미 아빠 편이었다던데. 건설 현장에서 밥을 짓던 엄마가 스님이 되겠다고 절에 들어가 1년간 절밥만 짓다 머리 깎기 직전에 외할머니의 곧 죽겠다는 전화에 산을 내려와 결혼을 한 걸 보면 영 틀린 말도 아닌 것 같다.

"그러고 보면 엄마는 밥이랑 인연이 많다."

"응?"

"오빠들 따라다니면서 밥 지어주고, 절밥도 짓고, 시집살이 할 때는 시부모님 손님들이랑 친척들 밥 짓고…."

"그러게. 너희 아빠 따라다니면서 옆방 현장 소장들 밥해주고 빨래해주는 알바도 했어."

"맞아. 그때 아저씨들이 나 놀러 오면 인형도 사주고, 옷도 사주고 그랬는데."

"엄청 귀여워했지. 지금은 잘 지내나 몰라."

그렇다. 엄마가 밥 좀 달라는 손님의 전화에 달려 나가는 데는 다 이유가 있다. 현장 밥을 지겹도록 먹던 오빠와 남편, 그의 동료들이 눈에 밟혀 배고프다는 아저씨들을 외면할 수 없었던 것이다.

"내 친구가 그러는데, 밥을 지어서 대접하면 그만큼 자신의 업보가 덜어지는 거래."

"그런 말을 하는 친구가 있어?"

"어. 군대에서 취사병 했던 친구야."

"뭐???"

아마도 이제 엄마에게는 업보랄 게 없을 것이다. 그래도 엄마가 열심히 밥을 지어 대접하는 까닭은 자신의 남편이, 자식이, 친구가 어디 가서 따뜻한 밥 한 끼도 못 얻어먹진 않을까, 하는 우려에서다. 그 마음을 알기에 지친 몸을 이끌고 밥을 차려주러 달려 나가는 엄마에게 뭐라고 할 수가 없다. (뭐라고 해도, 도와주지도 않을 거면서 잔소리만 한다고 핀잔이나 듣겠지.)

계절 메뉴의 탄생

유독 컨디션이 좋은 아침이다. 어제 술을 마시지 않고 오십여 분 동안 운동을 해서인지, 아침에 눈을 뜰 때 몸이 가벼웠다. 식당 오픈 준비를 하며 갑자기 식욕이 폭발했다.

"아침에 뭐 먹을까?"

"간! 장! 게! 장!"

"아침부터?"

"응. 맛있어."

나는 서해안에 산다. 봄에는 바다에서 실치가 많이 잡히고, 가을에는 게와 대하가 많이 잡힌다. 물론 환경 변화 탓에 예전만큼 많이는 아니지만. 그래서 가을에는 연례행사처럼 간장게

장과 양념게장, 대하장을 먹게 된다. 다른 건 몰라도 게장은 우리 엄마만큼 맛있게 담그는 사람이 없는 것 같아서, 나의 화려한 외식 이력에 게장은 없다.

"이번엔 안 짜게 잘 됐네."

"밥 좀 더 먹어."

"아니야. 밥 안 먹어도 안 짜."

"짠 거 싫어하면서 그건 또 잘 먹네."

"흐흐. 오늘 애들 오라고 해야겠다. 맛이 딱 들었어."

아침을 든든하게 먹고 점심 장사를 마친 후 친구들에게 전화를 했다. 친구가 잡아온 싱싱한 게가 간장게장과 양념게장으로 변신했으니 먹으러 오라고. 딱히 할 일이 없는지 싫은 소리 한 번 하지 않고 바로 달려왔다.

"이야. 어머니, 엄청 맛있어요."

"많이들 먹어요."

"이거 파세요, 어머니."

"그럴까?"

입이 까탈스럽기로 유명한 친구들의 맛있다는 말에 어머니 혹하시고. 친구들은 그날 게장을 안주 삼아, 소주를 여러 병 마셨다. 그리고 다음 날 친구가 잡아 온 10킬로그램의 게로, 계절 메뉴인 '게장 백반'이 등장하게 된다. 인기는 옵션! 다른 곳과 현격한 가격 차이와 맛의 차이를 자랑하는 게장 백반은 출시 즉시 1위 메뉴에 등극했다. (짝! 짝! 짝!)

우리 식당의 좌석 수는 이십여 개. 점심시간에 두 번 회전하고, 저녁은 한 번 정도? 건강식을 추구하기 때문에 요란한 메뉴는 없지만, 집밥을 원하는 손님들에게는 꽤 인기가 있다. 주방에 추가 인력을 쓸 여력이 되지 않아 엄마가 힘들게 여러 메뉴를 소화하고 있지만, 메뉴 단일화를 하지 않는 이유는 단골손님들 때문이다. 작은 동네에서 단골 위주로 장사를 하다 보니, 중요한 건 질리지 않는 음식이었다. 갈비찜이나 제육볶음 한 가지 메뉴로만 승부를 볼 수도 있지만, 좌석 수가 적고 손님이 한정되다 보니, 몇 번 오고 질려서 안 오면 그대로 손해를 보게 된다.

"요즘 손님이 뜸한데, 김치만두 좀 해볼까?"

"맛있지, 김치만두."

"애들도 와서 먹으라고 해."

"어. 같이 일했던 언니도 불러야겠다. 괜찮겠어?"

"우리 먹는 김에 조금 더 하지, 뭐."

거의 매년 겨울, 엄마가 담근 김장김치가 푹 익으면, 거기에 두부와 숙주와 돼지고기를 갈아 넣고 한입에는 절대 먹을 수 없는 만두를 만든다. 겨우내 그 만두를 튀겨 먹고, 끓여 먹으면 속이 뜨끈뜨끈해 추위도 무섭지 않다. 마침 겨울이 왔고, 손님도 별로 없으니 기왕에 하는 거 조금 더 해 '계절 메뉴'로 올려 보았다.

"언니, 만두 먹으러 오세요."

"너네 만두도 해?"

"네. 속이 꽉 찬 김치만두예요. 엄청 맛있어."

"아~! 예전에 먹었던 것 같다."

같은 회사에 근무했던 언니에게 연락했더니, 오래전에 만두 맛을 본 언니가 동료들을 모두 데려왔다. 커다란 만두를 앞접시에 덜어 호호 불며 입에 넣고 꼭꼭 씹는 그들의 통통한 양볼이 귀엽고 정겨웠다. 말하지 않아도 맛이 있음을, 배 속이 따뜻해짐을 느낄 수 있었다. 그렇게 해서 그 겨울에 만두를 몇 번 더 했지, 아마.

단골들에게는 '계절 메뉴'가 인기 있다. 고기 반찬도 한두 번이라고 했던가. 몇 가지 메뉴를 돌려 먹는다고 해도, 1년 내 반복하면 지겨울 텐데, 계절 메뉴가 있으니 가끔 입맛 전환이 가능하다.

겨울에는 김치만두, 여름에는 열무비빔밥, 가을에는 게장 백반. 우리 집에서 자주 해 먹는 제철 음식을 좀 더 해 손님들과 함께 먹는 셈이다. 우리는 새 메뉴가 인기 있어 좋고, 일이 바쁜 손님들은 싱싱한 제철 음식을 간편하고 넉넉하게 먹을 수 있어 좋다. 이것이야말로 진정한 계절 메뉴의 윈윈 전략 아닌가!!!

나라고
두려운 게 없겠어?

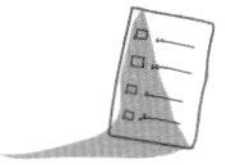

장사는 여러 가지 면에서 힘들다. 손님이 있으면 있어서, 손님이 없으면 없어서. 내 입장에서는 직장생활을 하는 것보다 몇 배는 더. 우리 음식을 맛있게 먹어주는 손님에게서 보람을 느끼고, 일 바깥 삶의 패턴을 깨지 않기 위해 쉬는 날을 철저히 지키고 있지만, 거의 매 순간 이대로 괜찮은 건지 두렵다.

"이번 달 카드값이 장난이 아니네."
"방법은 있어?"
"아니…."

장사를 시작하고 2년이 지났지만, 종일 손님에게 음식을 대접하느라 동동대지만, 엄마와 나는 아직도 매달 카드값과 공과금을 걱정한다. 이렇게 저렇게 카드값과 공과금을 해결하고 난다 해도 마음이 편치는 않다. 우리가 버는 돈은 다 어디로 사라지는 걸까? 언제쯤 남는 장사를 할 수 있을까? 이렇게 장사해서 남는 게 가능할까?

카드값과 공과금은 월말에 내는데도 중순만 되면 두려워진다. 그렇게 두려움을 느끼면, 생각은 꼬리에 꼬리를 물고 나를 위협한다. 육십 넘은 엄마가 저렇게 무리해서 일해도 괜찮을까? 내가 결혼해 다른 지역으로 떠나게 되면, 엄마 혼자 장사를 할 수 있을까? 장사를 접으면 어떤 일로 생계를 유지해야 하지? 보증금도 퇴직금도 없는데, 여기 계속 살아야 하는 건가?

한 달을 기준으로 두려움 없이 하루를 넘기는 날이 얼마나 될까? 그래도 마냥 두려워할 수는 없다. 내가 두려워하면, 엄마는 물론 아빠와 동생네 식구 모두 동요할 것이기 때문이다. 자자, 침착하게, 두려움을 들키지 않도록 조심하자.

"주말에 가까운 데라도 다녀올까?"

"뭐가 걱정이야? 다 방법이 있어."

"이번 달만 넘기면 자리 잡겠지."

#이번달만넘기면 #이번달만버티면 #곧괜찮아지지않을까
#조금만더 #조금만더고생하자! #잘할수있어

"어쨌거나 빚이 줄고 있잖아. 조금만 더 고생해."

나에게 하고 싶은 이야기를 엄마에게, 가족에게 한다. 괜찮다. 괜찮다. 이번 달만 지나면 괜찮아질 것이다. 장사를 그만둘까, 고민하지 않은 건 아니다. 이렇게 돈 걱정하느니, 엄마랑 싸우느니, 다시 서울로 올라가 직장생활을 하며 집으로 생활비를 보내는 건 어떨까, 진지하게 생각한 적도 있다. 그래도 육십 넘은 엄마가 한번 해보겠다고 대차게 결심한 건데, 성공까지는 아니더라도 끝은 봐야 하지 않나, 하는 생각이 들었다. 자식 돈은 절대 받지 않겠다는 엄마에게, 그 나이에 아르바이트를 하며 생계를 유지하라고 할 수도 없는 노릇이고.

그렇다면 방법은 하나다. 그냥 이대로 조금씩 나아지는 것. 무리하지 않고 앞으로 나아가는 것. 떼돈을 벌기보다는 가늘고 길게 갈 수 있는 일자리를 엄마 스스로 만들어내는 것. 거기에서 일의 보람과 삶의 가치를 찾아낼 수 있다면 그보다 좋을 순 없고.

어떤 이들은 이런 생각을 하는 나에게 치열함이 부족하다고, 죽어라 노력하지 않는다고 한다. 그렇게 해서 장사가 되겠냐고. 처음에는 그 말에 크게 동요했다. 일단 하기로 했으면, 잠도 안

자고 새벽부터 늦은 밤까지 온몸을 풍덩 담가야 하는 건가? 난 왜 일이 따로 있다는 핑계로 발만 조금 담그고 있는 걸까?

그러다 문득 생각했다. 나 혼자 살아남으려고 했다면, 애초에 엄마에게 장사를 함께해보자는 제안 같은 것은 하지 않았을 것이다. 아무리 미래 없는 인생이라지만, 장사의 끝에 최악의 상황이 기다리고 있을 경우를 대비하지 않고서는 이 모든 두려움을 떨칠 수 없다. 장사가 금전적으로 자립하지 못했는데, 따로 돈 벌 구멍마저 없으면 위급한 상황에선 답이 없다. 엄마는 엄마의 방식으로 성공을 할 수 있는 사람이고, 나는 엄마의 성공을 위해 돕고 있는 것이다. 그러니까 엄마의 두려움을 내가 조금 덜어 지는 것, 이것은 내 나름대로 내 가족을 지켜내는 치열한 방법이다.

허허. 치열하지 못한 자의 자기 합리화라 해도 할 수 없다. 사실, 내가 지금 무슨 말을 하는지 나도 잘 모르겠다. 다음 주면 월말이고, 나는 지난주부터 서서히 두려움을 느끼기 시작했으므로.

이별의 무게

"사장님, 여기 부동산인데요."

"예약하시게요?"

"아니요. 현장에 일하러 오신 분들이 식당을 소개해달라고 하셔서요."

"가게가 작아서 인원 수가 많으면 어려운데요."

"열다섯 분 정도예요. 좋으신 분들이고…."

"아… 엄마하고 얘기해서 다시 연락드릴게요."

유난히도 해가 쨍쨍하던 날. 바쁘게 점심 장사를 마치고 한숨 돌리며 맥주를 한 잔 따랐다. 땀범벅이 된 엄마가 옷을 갈아입으러 집에 내려간 사이에 부동산에서 전화가 왔다. 밥 대 먹는 아저씨들을 소개하고 싶으신 모양이었다. 인원은 적당한 것 같은데, 점심 장사만으로 벅찬 우리가 아침과 저녁까지 해낼 수 있을까. 집에서 올라온 엄마와 상의하던 참이었다.

"밥 좀 주세요."

"예약하셨나요?."

"부동산에서 이리로 가라고 하던데요."

보도 듣도 못한 아저씨들이 우르르 들어왔다. 볕에 검게 그을린 얼굴에 반짝이는 눈들, 무엇을 밟아도 끄떡없을 것 같은 안전화들이 가게 문턱을 넘어와 엄마와 나를 보고 섰다. 뭐라고 답해야 하지? 엄청 허기진 것 같은데.

"일단 앉으시고요. 원래는 예약젠데 오신 거니까, 된장찌개랑 저희가 먹으려고 해뒀던 추어탕 내드릴게요. 추어탕 드실 분?"

"반반씩 주세요. 알아서 먹을게요."

"기다릴 테니까 천천히 주세요. 막걸리 마시게 잔이나 우선 주세요."

아저씨들의 말씨가 곱다. 괜히 겁먹었나.

아빠 때문에 현장 사람들을 많이 봤지만, 아직도 나는 그들이 무서운가 보다. 괜한 소문들 때문에 겁부터 먹었나 보다.

아침저녁으로 밥을 대 먹는 아저씨들을 받을 생각은 없었다. 누구네 아저씨들은 장부를 만들어 몇 달 동안 밥을 먹고 돈도 안 주고 갔다더라, 음식이 입에 안 맞는다고 맨날 투덜거리고 깽판 놓는다더라, 찬과 국거리가 한정되어 있으니 나중에 가면 해줄 게 없어 손해를 보고 음식을 해주는 일이 생긴다더라…. 밥을 대 먹는 아저씨들이 생기면 일정 기간 동안 일정 수입이 있어 좋을 것 같지만, 그에 따른 리스크 또한 무시할 수 없다. 그러나 막상 아저씨들이 식당 안으로 들어오니 못할 것도 없지 않나 싶었다.

작은 식당에 시커먼 아저씨들이 아침저녁으로 북적대니 정신을 차릴 수가 없었다. 엄마는 아침 준비 때문에 새벽 네 시에 출근했고, 나는 다섯 시 반에 눈곱만 겨우 떼고 출근했다. 아저씨들이 아침을 먹고 나가면, 점심 장사 준비와 장사, 그러고는 바로 저녁을 준비해 아저씨들을 맞았다. 가게가 바빠 집에서 하던 일들은 손도 댈 수 없었다. 매일 애가 타고 또 탔다. 느긋하고 여유 있게 장사하며 오후에는 나만의 시간을 가지던 시절이 언제였나 싶었다.

내 일을 하지 못해 애가 탄 것만 빼면 다 좋았다. 일주일에 한 번씩 결제를 해주니, 카드값이나 세금은 바로 해결할 수가 있었다. 얼결에 시작된 아저씨들과의 만남 또한 날이 갈수록 좋았다. 숙소에 가다 땄다며 밤을 가져오기도 하고, 회가 먹고 싶어 회를 떠 온 날은 한 팩을 먹으라며 주기도 하고, 바쁠 땐 수저며 잔이며 반찬이며 알아서 챙겨갔다. 어떤 메뉴를 내놓든, 냠냠 짭짭 맛있고 깨끗하게 드셨다. 그리고 잘 먹었다며 꼭 인사를 하고 출퇴근했다.

"잘 먹었습니다."

"다녀오세요."

(…)

"다녀왔습니다."

"어서 오세요."

시간이 흐르니 아저씨들의 식성도 보였다. 이름을 모르니 식성에 따라 별명도 지었다. 음식을 맵게 먹어서 '고추 아저씨', 아침에 제일 일찍 와서 '일찍 오는 아저씨', 라면을 자주 끓여달라고 해서 '라면 아저씨', 툭하면 추어탕을 달라고 해서 '추어탕 아저씨', 김치를 몇 번이나 리필해서 '김치 아저씨'. 아저씨들의 별명은 엄마와 나만의 암호다. 누가 뭘 더 달라고 했을 때, 빨리 전달하려면 암호가 필요하니까.

"음식은 여기 다 있으니까… 그래도 음료는 사 드실 것 같아서 사 왔습니다. 그동안 감사했습니다."

"아이고, 뭐 이런 걸. 잘 마시겠습니다."

"건강하세요."

엄마보다 몇 년은 더 사셨을 것 같은 할아버지가 엄마에게 감사 인사를 한다. 오늘은 기나긴 3주 일정이 마무리되는 날. 쉬는 날도 없이 여섯 시 반에 아침을 먹고, 다섯 시에 저녁을 먹던 열다섯 명의 아저씨들이 작업을 마치고 자신들의 집으로 돌아가는 날이다.

"사장님 음식 먹고 싶어서 어쩐대요?"

"집에 온 것처럼 편해서 좋았습니다."

"다음에 이 동네에 오면 여기서 밥 먹을 거니까 또 밥 해주세요."

"힘드셨을 텐데 번거롭게 해드려서 죄송합니다."

어제 저녁을 먹으며 인사를 하고, 오늘 아침을 먹으며 인사를 하고, 오늘 저녁을 먹으며 또 인사를 한다. 우리만큼 아저씨들도 아쉬운가 보다. 맨날 허옇게 질린 얼굴로 어버버 하며 이리저리 뛰어다니던 식당 모녀가 걱정이 되기도 하는 모양이다. 거듭 고맙다고, 미안하다고 말하는 아저씨들 때문에 눈물이 날 지경이다.

그렇게 아저씨들이 사라진 식당에 혼자 앉아 밖을 바라본다. 너무나도 고요한 식당. 아저씨들이 금방이라도 시커먼 얼굴에 무거운 안전화를 신고 식당 문을 열고 들어오며 밥을 달라고 할 것 같은데.

쌀쌀한 바람이 부는 오후에 식당으로 이별이 무겁게 내려앉는다.

주방의 승부사

"열한 시 사십 분, 열무비빔밥 넷, 제육쌈밥 둘 있어요!"

"네!"

오늘도 어김없이 해는 떴고, 점심 장사 준비가 시작되었다. 첫 번째 예약 메뉴는 열무비빔밥과 제육쌈밥. 이들은 테이블에 앉아 밥을 비비기 전에 달걀프라이를 주문한다.

"달걀프라이도 주시는 거죠?"

이렇게 나오면 아니 줄 수 없다, 허허. 두어 번의 요청이 이어진 후로 이들에게 예약 전화가 오면 미리 달걀프라이를 한다. 어떤 것도 요구할 필요가 없는 서비스가 진짜 서비스다, 는 자기계발서에나 적어야 하는 소리고, 다른 테이블 세팅 중에 달

갈프라이를 해주면 모든 테이블 세팅 순서가 꼬이기 때문이다. (그렇다고 식사를 마친 후에 달걀프라이를 내줄 순 없으니까.)

"엄마, 이 테이블 달걀프라이야."

"응. 달걀 네 알 가져와."

엄마가 강된장에 된장찌개, 제육볶음 준비를 마칠 때쯤 달걀 다섯 알이 담긴 바구니를 스윽 내민다. 엄마는 네 알의 달걀을 가져오라고 했지만, 나는 안다. 엄마는 다섯 알의 달걀이 필요할 것이다.

"아이쿠, 또 망했네."

"엄마는 다른 요리는 다 잘하는데, 달걀프라이는 신기할 정도로 못하네."

"뭐???"

"백종원이 요리의 기본은 달걀프라이라고 했는데…."

"시끄러. 접시 좀 꺼내와."

접시를 찾는 엄마의 눈빛에 순간 찌릿함이 번졌다. 엄마는 승부욕이 대단하다. 아닌 척하지만, 옛날부터 해결하지 못하는 일은 밤을 새워서라도 해결하고야 말았다. 메뉴 개발을 할 때도 나에게 흔쾌한 표정의 오케이 사인이 날 때까지, 그 메뉴를 만들고 또 만들어 나에게 먹였다. (그래서 내가 우리 식당 메뉴를 잘 안 먹는다.)

여하튼 주방의 승부사인 엄마가 나는 무척 신기하다. 승부욕이라고는 조금도 없는 내가 승부사인 엄마 배 속에서 나왔다는 게 가끔은 무척 놀랍다. 나는 그날 승부사에게 해서는 안 될 말을 했다. 약간의 신기함과 장난기로 달걀프라이를 찢어먹는 엄마를 도발한 것이다. 이 악물고 달걀프라이를 하는 엄마 옆에서, 낄낄거리며.

"이따 나가서 달걀 열 판 사 와."

"어???"

"제일 좋은 달걀로 사 와."

열 판은 농담이겠지. 점심 장사를 마치고 후련한 마음에 덜렁덜렁 달걀 한 판을 사 왔다. 조금 비싼 달걀으로. 어헛, 그런데 달걀을 보는 엄마의 눈빛이 심상치 않다. 나… 오늘 점심은 달걀프라이인 건가.

"왜 그것만 사 왔어?"

"열 판을 누가 먹어? 나 어릴 때 아빠가 먹인 달걀 때문에 달걀 알레르기 있었던 거 알지?"

"…."

어린 시절에 소심하고 겁이 많았다. 아빠는 술을 자주 마셨고, 술을 많이 마시면 자던 내 앞에 먹을 걸 잔뜩 펼쳐놓곤 했다. 그럼 난 웃지도 울지도 못하는 얼굴로 그 음식을 열심히 먹었다. 술에 취한 아빠가 무서워서, 아빠의 두 손이 무안할까 봐. 그러던 어느 날 삶은 달걀 스무 알을 아빠와 마주 앉아 꾸역꾸역 먹다 배탈이 났고, 어쩐 일인지 몇 년 동안은 달걀만 먹으면 알레르기가 생겼다.

"엄마, 뭐 해?"

"달걀프라이."

"뭘 그렇게 많이 해?"

"안나가 나보고 달걀프라이를 못한대."

"푸하. 달걀프라이 연습하는 거야?"

"노른자가 자꾸 퍼지네."

마트에 가던 동생이 가게에 들렀다. 주방에서 열심히 달걀프라이를 하는 엄마에게 말을 건넸다. 아… 나는 사라지고만 싶다. 엄마, 달걀프라이가 달걀프라이지 잘하고 못하는 게 어디 있어, 라고 이제라도 말하고 싶다. 하지만 엄마는 이미 무아지경. 달걀과 자신이 하나가 되는 경지에 이르기 직전이었다.

"그만하고 먹자. 아까 그 달걀이 이상했네."

"아니야. 이것만 다 하고."

"제발… 그거면 충분해."

진지해도 너무 진지하다. 아직 점심을 안 먹은 친구들을 불렀다. 동생과 조카, 나와 엄마, 친구들이 가게에 모여 달걀프라이에 열무비빔밥을 먹었다. 여럿이 먹어서 그런가 조금 맛이 있었던 것도 같다. 그래서 엄마는 달걀프라이의 달인이 되었을까?

"아이고, 또 망쳤네, 또 망쳤어."

"에이, 이 정도면 잘한 거지. 그냥 내자."

달걀프라이를 접시에 얼른 담아 홀로 가지고 나간다.

점심으로 달걀프라이만 먹을 순 없지.

화장실 좀 다녀와도 되겠습니까?

“화장실 가고 싶어.”

“얼른 가.”

“나 없을 때 전화 오면 어떻게 해?”

“내가 받을게, 얼른 가.”

나는 화장실을 자주 간다. 컨디션이 안 좋거나 긴장을 하면 더욱 자주 간다. 어릴 때부터 내가 화장실만 가면 화장실 밖에서는 중요한 일이 터졌다. 내가 없으면 안 되는 일, 내가 있어야 하는 일이 터졌다. 이런 것도 머피의 법칙이라고 하나. (요즘 사람들도 머피의 법칙이라는 말을 쓰나?)

여하튼 급하게 화장실로 들어갔다. 어김없이 화장실 밖에서는 전화벨이 울린다. 아… 조금만 더 참을 것을.

"네, 네? 네…."

"어디래?"

"갈비찜 3인분 해달래."

주방에서 점심 준비를 하던 엄마가 전화를 받으려면 상황이 조금 복잡하다. 전화벨이 울리면 끼고 있던 장갑을 벗어야 하고, 장갑을 벗고 나면 전화는 이미 스마트폰으로 돌아가고 만다. 그럼 다시 스마트폰을 찾아야 하고 그렇게 전화를 받고 나면, 엄마의 정신은 이미 반쯤 나가 있다.

그런데 그 전화라는 것이 신기하게도 꼭 내가 없을 때만 온다. 화장실에 갔을 때, 마트에 심부름갔을 때, 집에 뭘 좀 가지러 갔을 때. 엄마가 전화 받기 번거로운 것도 번거로운 것이지만, 손님들은 저마다의 특성이 있다. 반찬을 많이 먹는 손님, 진미채를 유독 좋아하는 손님, 메인 메뉴를 많이 줘야 하는 손님, 안쪽 자리로 세팅해줘야 하는 손님, 예약 시간보다 십여 분 일찍 오는 손님.

귀가 밝은 편인 나는, 전화 너머의 목소리로 어떤 손님인지 대충 가늠을 한다. 그 손님의 식성이나 행동 패턴 정도를 기억해내면서. 이 작업은 별거 아닌 것 같지만, 매우 중요하다. 손님이 누구인지 알고 테이블 세팅을 하는 것과 아닌 것 사이에는 퀄리티의 차이가 있다. 손님을 두말하지 않게 하는 것. 그것이야말로 내가 편하고 손님이 편한 길 아니겠는가.

"손님들은 왜 꼭 내가 없을 때 전화를 할까?"

"그러게. 어디서 보고 있는 것마냥."

"불안해서 화장실도 못 가겠어, 진짜."

"그래도 화장실은 가야지. 병 생긴다."

안 그래도 화장실에 자주 가는 딸이 화장실을 참다 병이라도 생기면 어쩌나, 엄마는 걱정이 많다. 나는 내가 화장실에 갔는데 전화가 오면 어쩌나, 걱정이 많고.

그래도 이미 지나간 일이니, 예약 사항을 포스트잇에 적어 붙여두고 오픈 준비를 한다. 홀 바닥을 닦고, 테이블을 닦고, 물통에 물을 채운다. 반찬을 체크하고 예약 테이블 세팅을 시작한다. 오늘 예약은 여기까지구나, 더 이상 전화가 오지 않네. 그쯤 되면 화장실이 한 번 더 가고 싶다. 지금 갈까, 조금 더 기다릴까. 엄마가 많이 바쁜 것 같은데 조금만 더 참아볼까.

어영부영 참고 참다 엄마에게 화장실에 가겠다고 말한다. 그런데 참 신기하지. 화장실에 들어가 문을 잠그자마자 전화가 또 온다. 허허, 변기에 앉아야 할지 밖으로 나가야 할지 정말 모르겠을 때, 엄마가 전화를 받는다. 손님이 아마도 나를 찾는 모양이다. 화장실 벽 너머로 "잠깐 나갔어요"라는 엄마의 목소리가 들린다.

통화 소리에 안심하고 변기에 앉았다. 아뿔싸! 이번엔 핸드폰 벨소리가 들린다. 화장실에 가져가기 뭐해 돈통 옆에 고이 모셔 둔 나의 핸드폰. 나를 찾던 단골이 핸드폰으로 전화를 한 것이다. 어지간히 까다로운 주문을 하려나 보다. 빨리 나가서 받아야 하는데, 몸은 마음과 같지 못해서 울고만 싶다.

정말 놀라운 것이 하나 더 있다. 이 법칙이 나에게만 해당되는 게 아니라는 것. 희한하게 엄마가 스마트폰을 두고 가게 밖으로 나가면 엄마의 스마트폰이 울린다. 제일 바쁜 시간에 핫라인으로 연락이 온다는 것은, 당사자가 전화를 받아야만 한다는 의미. 엄마의 초초 단골들의 전화를 엄마가 받지 못하는 이상한 상황이다.

"어디 갔다 왔대?"

"중앙마트."

"목욕탕 아줌마가 동태탕 여섯 개 해달래. 30분 있다 온대."

"왜 꼭 나 없을 때 전화한다니."

"그러게."

나는 직감한다. 엄마와 내가 닮은 구석은 한 군데도 없지만 나는 분명 엄마 딸이다. 정말 희한한 순간에 내가 엄마를 닮았음을 느낀다. 중요한 순간에 중요한 볼일로 자리에 없는 것. 이것은 우리의 모녀 사이를 끈끈하게 감싸고 있다. 그래서 늘 조금 괴롭지만, 늘 조금 웃음이 난다.

김밥이 없으면 뭘 먹어요?

"김밥 세 줄만 주세요."

"아… 김밥은 이제 안 파는데요."

"네??? 그럼 뭘 먹어요?"

나야말로 "네?"라고 답하고 싶다. 김밥이 없으면 뭘 먹냐니. 제육쌈밥, 갈비찜, 김치찌개, 시래기 고등어찜, 떡볶이, 라면…. 이렇게 많은 메뉴가 있는데 뭘 먹냐니. 그러나 침착해야 한다. 손님에게 상기된 얼굴을 보여서는 안 된다.

"분식 드시려면 떡볶이랑 라면이 있고요, 간단하게 밥 드시려면 된장찌개가 있어요."

"김밥 포장하러 왔는데…. 김밥 없이 떡볶이만 먹긴 좀…."

"아이고, 죄송합니다."

"괜찮아요. 안녕히 계세요."

처음엔 달걀값이 폭등해 아주 잠시만 김밥을 팔지 않을 작정이었다. 그런데 김밥을 안 파니까, 오픈 준비를 하며 허둥대는 시간이 절반으로 줄었다. 예약 메뉴를 서빙하던 도중에 김밥을 말 일도 없고. 김밥 재료가 상할까 노심초사하며 재료를 먹어보고 또 먹어볼 일도 없고.

우리 가게 소고기김밥은 한 줄에 3000원. 재료비로 절반 나가고, 인건비니 전기세니 뺀다고 치면, 한 줄에 500원 남으려나. 김밥 스무 줄을 팔아야 겨우 만 원 남는다. 유동 인구가 적은 동네에서 하루 김밥 스무 줄 팔기가 쉬우냐. 글쎄… 결과적으로 김밥 팔아 남는 건 거의 없다고 봐야지.

"김밥 계속 안 팔면 좋겠다."

"그치? 일이 반으로 주는 것 같아."

"싸울 일도 줄고 마트로 뛰어갈 일도 줄고."

가게가 어려울 때 김밥이 나서준 덕에 이만큼이라도 자리 잡을 수 있었다. 다양한 국수 옆에서, 떡볶이와 라면 옆에서. 모내기 철엔 논으로, 실치 철엔 회센터로. 동분서주 가게를 위해 일하던 녀석이었다. 단체 손님을 보내고 설거지하느라 지치면 김밥 한 줄 말아 먹는 게 그렇게 꿀맛이었다. 신세 갚을 일이 있을 땐 김밥을 말아 찾아가 인사하곤 했다. 김밥과의 애틋한 추억을 되새기다 보니, 다소 손해를 보더라도 김밥을 안 팔 수는 없었다. 사람이 의리가 있지.

그래도 장사하는 사람이 인정에 휘둘리면 안 되지 싶었다. 김밥 전문점이나 분식집이라면 모를까, 김밥 준비하는 시간에 보는 손해를 무시할 수 없었다. 달걀값 폭등으로 김밥을 찾는 사람들이 슬쩍 줄었을 때, 기회를 봐서 김밥을 메뉴에서 빼는 거다. 마침 며칠 있으면 해가 넘어가니 새해 새 마음으로 김밥을 안 파는 거다.

나름 자연스럽게 메뉴에서 김밥을 뺐지만, 손님들은 귀신같이 알아챘다. 김밥 찾는 전화를 거절하는 것도, 헐레벌떡 뛰어온 사람의 김밥을 향한 간절함을 외면하는 것도, 김밥이 사라진 걸 이해할 수 없다는 눈초리를 견디는 것도 쉽지 않았다.

"김밥… 다시 할까?"

손님들의 원성을 견디다 못한 엄마가 나보다 먼저 백기를 들었다. 화가 나면 아침 아홉 시에도 동네 공무원 아저씨에게 전화해 가타부타 따지는 양반이 이럴 때 보면 엄청 여리다. 하지만 여기서 흔들릴 수 없다. 이미 원성은 들을 만큼 들었다. 조금만 더 견디면 된다.

"아니야. 여기서 그만두면 안 돼. 앞으로 계속 휘둘릴 거야?"

"그래도 손님이 찾잖아. 먹고 싶다잖아."

"나도 먹고 싶어. 근데 김밥을 팔면 다른 메뉴에는 상대적으로 신경을 덜 쓸 수밖에 없잖아. 김밥 하나 살리자고 다 말아먹을 순 없어."

"이제 다른 것도 잘할 수 있어."

"나는 다 잘할 수 없어."

매몰차게 말한 게 약간은 후회가 됐지만, 떠나야 할 때를 알고 떠나는 이의 뒷모습은 아름답다고 했다. 여러모로 이제는 김밥을 떠나야 했다.

그렇게 몇 번의 고비를 넘기고서야 우리는 김밥을 잊을 수 있었다. 물론 지금도 김밥을 찾는 손님은 있다. 김밥이 없으면 뭘 먹느냐고 말하는 손님도 있다. 그래도 이제는 침착하게 대응한다. 김밥은 남는 게 없고, 김밥에 신경 쓰다 보면 다른 많은 메뉴들에 소홀해질 수밖에 없다고. 죄송하다고.

손님들에게 김밥이 없는 것에 사과하고 쿨하게 돌아서지만, 김밥이 사라져서 가장 아쉬운 건 사실 우리 가족이다.

참, 맛있었지, 그 김밥.

고운발 크림을 아시나요

술을 본격적으로 팔지 않기에 저녁 손님이 없는 건 익숙하다. 그런데 오늘 유독 손님이 없다고 생각되는 건, 가을 저녁이기 때문이겠지.

“오늘 꽃게 좋은데 모이자.”

“우리 가게로 와.”

“찜통 있지?”

“응. 찾아둘게.”

여섯 시가 지나 이제 그만 마감을 해볼까, 하던 찰나에 마도로스에게 연락이 왔다. 가을이라 꽃게와 대하 잡이에 여념이 없는 어부 친구. 신나게 술을 마시고 집에 가도 다음 날 네 시 반이면 어김없이 일어나 배를 타는 마도로스 친구.

해 지면 할 일 없는 시골 동네 여기저기를 쏘삭거린 끝에, 함께할 아재 넷을 소환할 수 있었다. 살짝 지겹지만, 안주가 안주이니만큼 너그러운 마음으로 그들을 대해야지.

"머리가 왜 그냐? 엎드려 잤냐??"

"이거 오늘 파마한 건데? 별로야?"

"우리 엄마 다니는 미용실에서 한 거 같어. 저번에 그 머리가 났던데?"

"그러게. 탱글탱글하게 해달라고 했더니, 좀 쎄게 말았나 봐."

"사진을 가져가서 이렇게 해달라고 했시야지. 아… 어째 그런다니?"

"개뿔도 모르는 것들이!!!"

꽃게와 대하가 익는 동안 나의 새로운 머리 스타일이 안주가 되었다. 맨날 깍두기 머리로 다니는 놈들이 뭘 안다고 머리 스타일 운운하는 게냐.

"고3 때 민증 만들잖아."

"어."

"그때 얘 지문이 녹아서 민증 못 만들 뻔했잖여."

"지문이 왜 녹아?"

"꽃게 철에 꽃게를 많이 만지면 등에서 나오는 독 때문에 지문이 녹아. 손바닥이 맨질맨질해지지."

"그럼 지문 인식으로 등본 뽑고 하는 것도 못해?"

"어. 우리 와이프가 가을에 그거 하러 갔다가 결국 못하고 면사무소 갔잖아."

"지문만 녹간디? 손바닥도 얇아져서 그물 잡을 때 엄청 아파."

가을이면 그물에 잡힌 꽃게를 떼느라 지겹도록 꽃게를 만져대는 친구다. 정성스레 꽃게를 다듬어 앞접시에 올려주는 친구의 손바닥을 뒤집어보니, 지문이 없다. 지문 없이 얇아질 대로 얇아져 아기 피부처럼 유약해 보이는 손바닥이다. 한참 꽃게 맛있게 먹고 있었는데, 미안해진다. 내가 꽃게 다듬을까, 했더니 자기는 친구들 먹는 것만 봐도 배가 부르단다. 그래, 네 마음이 그렇다면 내가 좀 더 열심히 먹어볼게.

맛있는 안주에 시답잖은 농담 섞어 소주 몇 병 마시고 나니 시원한 아이스크림 생각이 난다. 전화 받으러 나가는 친구에게 슈퍼에 가서 아이스크림 좀 사 오라고 당부했다. 눈치도 없고 심부름도 싫어해서 제일 맛없는 아이스크림을 사 올 게 분명하지만, 알딸딸한 얼굴로 동네 밤거리를 누비는 노처녀라는 이미지만은 피하고 싶다.

“아, 겁나 추워.”

“아이스크림 뭐 사 왔대?”

“먹을 것도 없던디? 기냥 먹어.”

“어? 이건 뭐야? 고운발 크림???”

“이. 발바닥 각질엔 이게 직빵이여. 겨울 되면 애들 손바닥 두꺼워지자네.”

“이건 발에 바르는 거 아니야?”

“손바닥이 발바닥 각질보다도 두꺼워서 이 정도는 발라주야 혀.”

겨울이면 안 그래도 건조한데 언 손으로 그물을 당기고 손질하다 보면, 손 가죽은 발 가죽처럼 두꺼워진단다. 아닌 게 아니라 겨울에 친구들의 손바닥은 꺼칠꺼칠해 때타월 같다. 농담 삼아 두꺼운 손바닥은 사포로 밀어야 한다는 둥, 그라인더로 갈아버려야 한다는 둥, 이야기하지만, 그건 그때 가서 생각할 일이고. 지금 손바닥은 한껏 얇아져 있다. 고운발 크림이 이 친구 주머니에서 저 친구 주머니로, 다시 내 주머니로, 옆 테이블로 자리를 옮긴다. 꽃게 껍질을 수북이 쌓아둔 테이블 앞에 앉아 내 손보다는 니 손이 더 두껍다며 고운발 크림 돌리기를 한다.

"꽃게 남은 거에 라면이나 끓여 먹고 가게."

"그려. 나 지금 안 자면 내일 아작 나."

냉장고에 있던 소주 한 짝을 다 쓸어 마셨는데 라면까지 먹고 가겠다니. 꽃게 라면이라고 하니 안 먹을 수도 없고. 호로록 맛도 모를 라면을 먹고 집으로 간다. 왜인지 내 주머니에 든 고운발 크림을 만지작거리며.

다음 날 아침, 가게에 나와 찬물을 들이켜며 엄마에게 고운발 크림 얘기를 했다. 그런데 엄마는 웃는 게 아니라 감동을 한다. 그리 힘들게 잡은 꽃게며 대하며, 물고기를 우리집에 가져다주는 거냐고. 그 말을 듣자, 어제 아무 생각 없이 날름거리며 살만 집어먹던 손이 무안해진다. 마도로스 친구에게 바셀린 줄 테니 저녁에 밥 먹으러 오라고 해야겠다.

비야, 내려라,
비야

몇 주 전, 종일 몰아치는 일정에 몸도 마음도 지쳐 있었다. 엄마에게 경주행을 권했다. 재작년엔 엄마와 부산을, 작년엔 군산을 갔는데, 올해는 어디도 가지 못했다. 벌써 11월인데. 직장생활을 하며 휴식의 중요함을 절실히 느꼈기에 1년에 한 번 타지로의 여행은 포기할 수 없다. 나야 마음먹으면 언제든 배낭 들쳐 메고 이틀 정도 떠날 수 있지만, 엄마는 쉽지 않다. 엄마는 집에 남은 아빠가 걱정이고, 동네에 사는 작은딸이, 사위가, 손주가, 가게에 올 손님이 걱정이다.

경주에 엄청 가보고 싶어 하던 엄마와 상의해 한옥풍 숙소를 예약했다. 가는 날이 장날이라더니. 경주 갈 날만 기다리며 하루하루 열심히 일하던 엄마에게 전화가 왔다. 얼마 전 밥을 대먹던 아저씨들 중 몇이 다른 팀과 다시 온다고. 십여 일 공사를 할 것 같은데 밥 좀 해주실 수 있겠느냐고. 이번 주 주말에 우리는 경주에 있어야 하는데, 마침 아저씨들이 온다고?

"이번 주 주말은 어렵다고 해. 내가 말할까?"

"밥 먹겠다고 온 사람들한테 그럼 안 되지. 밥을 잘 먹어야 일도 잘 되지. 며칠이나 있다 간다고."

"흠… 숙소 환불 기간이 정해져 있는데, 이제 백 퍼센트 환불은 못 받아. 위약금이 나가."

엄마는 반가운 마음에 아저씨들의 청을 거절할 수 없었다. 아저씨들이 떠난 가게는 참으로 허전했으니까, 적막하고 쓸쓸하기까지 했으니까. (그래도, 냉정하게, 제가 아저씨들을 그렇게나 그리워했는데, 지금 이 타이밍은 아니지 않습니까?)

사실 위약금 그거 별거 아니었다. 친구들과 술 한잔 마시면 없어질 만큼의 돈. 있어도 그만, 없어도 그만인 돈. 그래도 엄마와 나에게는 휴식이 필요했다. 손님의 마음과 행동, 입맛을 헤아려가며 종일 동동대던 일상에서 잠시 벗어나 우리가 갈 방향을 점검해볼 시간이 필요했다. 인정 많은 엄마는 경주행을 포기하자고 했지만 나는 경주에 가야만 했다. 이상하게도 위약금이 아까웠다.

"공사가 생각보다 빨리 끝날 것 같아요. 내일 비 오면 집에 갔다가 월요일에 공사 재개할 것 같아요."

경주에 가기로 한 건 금요일 오후. 목요일에 저녁을 먹고 나가며 아저씨들이 말했다. 비가 오면 내일 집에 갔다가 월요일에 다시 올 수도 있다고. 그때부터 엄마는 한껏 설레었다. 주말에 느긋하게 갓김치나 담가야겠다던 엄마가 급하게 김치 재료를 사 왔다. 갓과 파를 다듬어 소금에 절였다. 내일 아침에 동생을 불러 김치를 담그고 오후에 쿨하게 경주로 떠나겠다고. 하늘이 꾸물꾸물한 것이 내일 엄마랑 경주에 갈 수도 있을 것 같았다. 경주 가서 밀린 일이나 하고 오자며 챙겨둔 노트북과 책들은 배낭에서 빼도 될 것 같았다.

금요일 아침. 비가 온다. 하지만 아저씨들은 가지 않았다. 부슬부슬 내리는 비는 아저씨들의 노동 일정까지 씻어내지 못했다. 아침을 먹고 나가며 저녁에 장부를 정리해달라고, 내일은 집으로 돌아간다고 말했다는 아저씨들. 동생에게 저녁을 맡기고 나와 함께 버스를 타면 좋으련만, 아저씨들 가는 건 봐야 한

#휴식도필요하다 #왜벌어도벌어도돈이없을까
#다음달부턴남겠지 #돈은있다가도없고 #없다가도있다
#엄마와함께왔으면 #더좋았겠지

다며. 내일 아침에 출발할 테니 너는 오늘 가라는 엄마.

그렇게 지금, 나는 경주에 왔고 엄마는 집에 남았다. 벌어도 벌어도 모이지 않는 돈 때문에, 손님들의 소소한 요청에 일일이 부응하려는 욕망 때문에, 바싹바싹 말라가던 엄마가 경주에 오고, 아무 생각 없이 대충 일하는 내가 집에 남았어야 했는데. 엄마에겐 미안하지만, 나는 내가 살아야 엄마도 살고 아빠도 살고 가게도 산다고 생각한다. 나 없이는 그 무엇도 유지할 수 없다.

"왜 벌어도 벌어도 돈이 없을까? 월말이면 번 돈보다 낼 돈이 더 많은 것 같아."

"다음 달부터는 남을 거야. 맨날 마이너스인 것 같아도 빚이 줄어드는 거니까. 그게 모으는 거지, 뭐."

"월말만 되면 기운이 빠져. 쉬지도 않고 일하는데, 무슨 팔자가 이래?"

"돈은 있다가도 없고 없다가도 있어. 내가 쉬어야겠다 하면 쉬는 거지. 이것 때문에 저것 때문에 이유 대다 보면, 평생 못 쉬어. 팔자 탓이 아니야."

허겁지겁 배낭을 꾸린 후 엄마와 점심을 먹다, 독한 말만 내뱉고 가게를 나와 버스를 탔다. 참, 못났다. 경주에 도착해 미안한 마음에 엄마에게 전화를 한다. 하고 싶은 말은 결국 하지 못한 채 전화를 끊었다. 조금 더 따뜻하게 말할 수 있었을 텐데. 엄마에게 이번 달만 버텨보자고. 지금까지 잘해왔다고. 내일 경주에서 바람 쐬고 오면 즐겁게 일할 에너지가 생길 거라고. 조금만, 조금만 더 힘을 내라고 말할 수 있었을 텐데.

엄마 찾아 3만 리

아주아주 어릴 때 〈엄마 찾아 3만 리〉라는 만화영화를 보며 자주 울었다. 엄마를 찾아 헤매는 주인공 아이가 꼭 나인 것만 같아서, 엄마와 떨어져 할머니와 사는 나와 같은 마음일 것만 같아서 〈엄마 찾아 3만 리〉를 보던 날이면 책상 밑에 들어가 눈물만 뚝뚝 흘리며 소리 죽여 울곤 했다.

"여보세요."
"오늘 저녁에 삼겹살이 먹고 싶은데, 가능할까요?"
"아… 엄마가 지금 안 계신데요. 다시 연락드릴게요."

엄마를 그리워하는 마음만으로도 온 세상이 어둡던 그때와 달리, 지금의 나는, 핸드폰을 두고 사라진 엄마를 찾으려고 눈이 시뻘게 동네를 뛰어다닌다.

"네, 중앙마틉니다."

"저 호호아줌마 딸인데요. 저희 엄마 거기 계신가요?"

"아까 전에 가셨는데요."

엄마는 사실, 자유인이다. 외출을 할 때 굳이 목적지를 밝히지 않는다. 나간다는 소리도 없이 사라진다. 바람처럼. 그렇게 평생을 살아왔다. 전화 따위로 날 감시할 수 있을 줄 아느냐. 매일매일 온몸으로 자신이 자유인임을 우리에게 증명한다. 좀 전까지 분명 거실에 누워 조카와 놀고 있었는데, 엄마는 핸드폰을 두고 어디에 간 걸까. 삼겹살을 찾는 손님이 오기 전까지 두어 시간. 나는 마치 셜록이라도 된 듯 머리를 굴리기 시작한다.

"혹시 저희 엄마 못 보셨어요?"

"글쎄… 차도 안 보이네?"

옆 가게 아주머니도 본 적 없는 엄마의 행방을 찾아 하나로마트로 향한다. 우리 거래처는 중앙마트 아니면 하나로마트. 저녁에 시래기 고등어찜을 한다고 했는데. 고등어 사러 하나로마트에 갔을지도 몰라. 슬리퍼를 신고 헐레벌떡 하나로마트로 뛰어가다 길 건너 순대국밥집 앞에서 엄마 차를 발견했다. 순대국밥집 아주머니와 담소라도 나누고 있는 건가. 혼자 한가하게 노닥거리는 건 아닌지 이글이글한 눈으로 순대국밥집 통유리 안을 살폈지만 엄마는 없다.

엄마는 쇼핑왕이니까 순대국밥집 옆 건물에 있는 옷가게에 갔을까? 요즘 스트레스를 많이 받은 것 같았어. 쇼핑으로 풀 때가 됐어. 하지만 옷가게에도 엄마는 없다. 그렇다면 순대국밥집 뒤편에, 엄마 절친이 운영하는 식당에 갔나. 똑똑똑! 몇 차례 문을 두들기다 인기척이 없어 불쑥 들어갔는데, 나를 맞이하는 건 술 병 몇 개뿐이다.

어허, 그런데 엄마 친구 목소리가 어딘가에서 계속 들린다. 환청이 아니라면 이 근처 어딘가에 계시다는 건데. 가게 맞은편 밭에서 뭔가 따고 계신 건가? 목을 길게 뽑아 밭을 샅샅이 살폈지만, 아줌마는 보이지 않는다. 소리는 식당 뒤 툇마루에서 들려왔다. 아줌마와 함께 있는 엄마를 보는 순간, 약간 짜증을 낸 것도 같다.

"여기서 뭐 해?"

"왜? 손님 왔댜?"

"안녕하세요."

"아이고! 어쩐 일이야?"

"어쩐 일은. 저녁 먹는 아저씨들이 삼겹살 먹고 싶대."

"미안, 미안."

"으이그. 안녕히 계세요."

"가!"

엄마는 뭐가 그렇게 해맑아. 엄마를 잡아먹을 듯 소리를 쳐도 엄마 친구는 별 관심이 없다. 나도 엄마에게 소리 지를 건 지르고, 엄마 친구에게 인사할 건 하고 돌아선다. 엄마도 나에게 미안해하며 자신의 친구에게 인사도 없이 나를 따라 나온다. 우리 셋 다 쿨했어, 자연스러웠어!

"차 타고 가지?"

"집에 갈 거야. 아저씨한테 전화해봐."

엄마에게 걸려온 전화 덕에 소중한 휴식 시간을 십오 분이나 빼앗겼다. 지금 시각 세 시 삼십 분. 나의 휴식 시간은 네 시까지. 급하게 집으로 달려가 소파에 누웠다.

〈엄마 찾아 3만 리〉를 보며 책상 밑에서 숨 죽여 울던 꼬마 아이는, 슬리퍼를 끌고 엄마를 외쳐 부르며 온 동네를 뛰어다니는 삼십대 중반의 드센 아줌마가 되었다. 소파에 누워 조카를 보다 생각한다. 어릴 적 낭만과 순정은 어디로 간 게냐.

당신의 직업은 무엇입니까?

식당을 예약제로 운영하는 데에는 엄마와 나의 편의를 위한 이유도 있지만, 손님들의 시간을 아끼기 위한 이유도 있다. 점심 손님은 대부분 직장인. 직장인에게 점심시간은 일분일초가 아깝다. 일찍 점심을 먹고, 차도 한잔 마셔야 하고, 이도 닦아야 하고, 오후 근무에 필요한 에너지를 올리기 위해 멍도 좀 때려야 한다.

"오늘 점심 예약은 마감하겠습니다."

"테이블 하나 남았는데?"

"복잡한 주문이 많아서 다 해줄 수가 없어. 오늘은 여기까지만 잘하자."

점심시간은 한 시간. 차로 십여 분, 왕복 이십여 분이 소요되는 식당에 밥을 먹으러 오는 직장인들의 시간을 아낄 수 있는 방법은 식당에 들어서자마자 식사할 수 있도록 상을 차려놓는 것. 누군가는 배부른 소리라고 하지만, 예약 시간 내에 상차림이 불가능하다고 판단되면 예약을 받지 않는다. 예약까지 했는데 빈 테이블에 앉아 10분 이상 기다리는 건 내가 생각해도 참 화나는 일이니까.

"사장님, 내일은 닭볶음탕 해주세요. 전화드릴게요."

"네. 닭 준비해놓을게요. 인원 수만 체크해주세요."

"잘 먹었습니다."

"안녕히 가세요."

삼삼오오, 손님들이 우르르 몰려 왔다 나간 자리를 치운다. 열심히 일한 오전을 보상받듯 열심히 먹는 사람들, 열심히 일할 오후를 보상받으려 더욱 열심히 먹는 사람들. 어제 TV에서 본 맛집 정보, 주말여행 계획, 아이의 교육 문제, 회식 장소 물색 같은, 그들이 흘리고 간 이야기들을 함께 치운다.

내가 서른을 갓 넘겼을 때. 직업도 나랑 안 맞는 것 같고, 직장도 나랑 안 맞는 것 같아 거의 매일 술을 마시던 그때. 처음

본 남자와 함께 간 오뎅바에서 자정이 넘도록 치기 어린 고민들을 쏟아냈었다. 거기 사장이 지금의 내 나이쯤 됐으려나? 손님은 우리만 남아 있던 상황. 사장은 눈도 풀리고 혀도 꼬인 우리의 얘기를 한참 듣다 자기도 예전에 직장생활 때문에 많이 힘들었다고 말했다. 헛헛한 웃음을 지으며. 오뎅바에서 나오며 내가 많이 유치해 보였나 싶은 생각에 순간 술이 깼다. 지금 생각해보니, 그녀의 그 헛헛한 웃음은 지금 테이블을 닦는 내 얼굴과 비슷했던 것 같다.

'나도 한때는 직장인이었는데….'

언젠가, 마이너스 통장이 만들고 싶어 은행에 간 적이 있다. 마이너스 통장 발급 조건을 살피다 적잖이 당황했다. 서류상으로 보면 나는 직업이 없다. 식당은 엄마가 사장님이고, 직원의 인건비를 챙길 정도가 아니라 나는 직원으로도 등록하지 못했다. 책 편집을 하고 있지만, 소속도 없고 수입도 일정하지 않고 관련 자격증도 없어 '전문직'이라 말하기 애매하다. 번호표 순서를 기다리다 돌아 나왔다.

'나는 직업이 없는 사람이구나.'

소개팅이나 선을 볼 때도 애매하긴 마찬가지다. 엄마 식당에서 일을 돕는다고 하면, 나이도 많은데 엄마에게 빌붙어 빈둥대는 사람이 되고 만다. 엄마 식당 일을 도우며 책을 편집하는 프리랜서라고 하면, 범접하기 어려운 드센 사람이 되고 만다. 직장인일 때는 출판사에 다닌다고 하면 끝이었는데, 지금은 내 직업이나 직장을 설명하는 일이 꽤나 어렵다.

"저번 주에 소개팅한 건 잘 됐어?"

"연락이 없네."

"왜? 또 인터뷰하다 왔어? 직업 조사만 하고 올 거면 나가지를 마."

"아니. 그분이 거의 질문하셨어. 나는 거의 답만 했어."

"근데 왜 연락이 없어?"

"내가 생각해봤는데 집에서 엄마 식당 일 돕는 줄 알고 부담없이 나왔다가 내가 책을 편집하는 프리랜서라고 하면 갑자기 엄청 어렵게 보는 것 같아. 꼭 뭔가를 지적당할 것만 같나?"

"음… 그럴 수도 있지. 그럼 그냥 엄마랑 식당 운영한다고 해."

"그것만 말하면 내가 할 수 있는 이야기의 일부가 차단당하는 거잖아. 그걸 감추고 어떻게 편하게 이야기를 해?"

"어이구, 생각만 많아가지고."

그렇다. 생각만 많아서 애프터도 못 받았다. 다시는 직장생활을 할 일이 없을 거라고, 직장생활을 하지 않아 아쉬운 건 월급

하나뿐이라고 말하지만, 사실은 내가 뭘 하는 사람인지 설명하는 게 아직도 어렵다. 사회라는 곳이 참 어렵구나. 일이 있어도 직장이 없으면, 이상하게 움츠러드는구나.

가만 생각해본다. 나는 정말 직장생활을 하지 않아도 되는 걸까? 그렇게 믿고 싶은 건 아닐까? 나도 휴가 받아서 여행 가고 페스티벌 가는 거 좋아한다. 퇴근하고 맛집 다니는 것도 좋아한다. 일하기 싫으면 회사 째고 집에서 빈둥거리는 것도 좋아한다. 무엇보다 나를 쉽게 설명할 수 있는 걸 좋아한다(는 걸 요즘 깨달았다). 이 많은 것들이 직장인의 특권이었다니.

아으, 이런 자존감으로는 시집도 못 갈 것 같은데…. 직장생활 다시 할까?

닭똥집은 아담호프

"뭐 먹을까?"

"닭똥집?"

"아, 닭똥집은 아담호픈데."

"그러게. 아담호프 닭똥집 먹고 싶다."

"닭똥집 시켜?"

"그냥 딴 거 먹자."

친구들과 호프집 메뉴판을 보던 끝에 아담호프 이야기가 나왔다. 10년 전인가. 동네에 아담호프라는 술집이 있었다. 청양고추를 듬뿍 썰어 넣고 하얗게 볶아낸 닭똥집이 어찌나 맛있던지. 친구가 하는 횟집에서 술을 마시다 생각나서, 노래방에서 노래를 하고 나오다 배고파서, 한밤중에 입이 심심해서, 집에 가기 아쉬워서 입가심하러 자주 가던 곳이었다.

시골 동네에서 이렇다 할 호프집을 찾기란 쉽지 않은 일. 아담호프는 자매가 운영하는 곳이었는데, 내가 들어가면 주인이고 손님이고 모든 행동을 일순 멈추는 것이, 단순한 호프집은 아니었던 것 같다. (내가 사실 엄청난 미인이라 등장하자 호프집의 시간이 일순간 멈추었다, 라고 쓰고 싶지만.) 나의 등장에 처음에는 많이 어색해하더니, 눈치도 없이 계속 찾아오자 아예 포기하고 말을 트기 시작했다.

"자주 오네요."

"네, 이 앞에 살아요."

"닭똥집 먹을 거죠?"

서로 술에 취한 날이면, 화장실에 다녀오다 스프링이 나간 채 가게 한가운데에 버려지듯 놓여진 빨간 소파에 앉아 이런저런 이야기를 나눴다. 아래 지방이 고향이라던 그녀들은 젊어서부터 전국의 다방과 술집을 돌고 돌다 몸이 늙어 이 동네에 작은 호프집을 열게 되었다고 했다. 언니가 먼저 이 동네에 와 자리를 잡았고, 호프집을 열면서 동생을 불렀다고. 평생 떠돌아다니며 살 줄 알았는데 이런 날이 오긴 온다고. 언제 술 한잔 하자고.

"오늘은 조용하네요."

"그러게. 고향에서 김치를 보내줬는데, 삼겹살에 먹으려던 참이에요."

"식사하시는데 왔나 봐요."

"그냥 이거 같이 먹지, 뭐. 앉아요."

손님이 없는 늦은 밤, 동생은 자기들만 먹기 미안하다며 구운 삼겹살에 고향에서 올라온 갓김치를 내주었다. 삼겹살에 먹는 갓김치가 왜 그렇게 맛있는지. 그렇게 같이 앉아 맥주 두어 잔을 함께했고 동생은 아기처럼 잘도 웃었다. 산책을 하다 어느 집 앞에서 실한 고추를 몇 개 땄는데 그게 너희 집 고추였냐며 진심으로 미안해하던 표정은 귀엽기까지 했다.

동생은 여느 신파 속 이야기처럼 사랑해선 안 될 사람을 사랑해 몇 년 후 자살했다. 실의에 빠져 있던 언니는 장사를 접고 어느 여인숙에 딸린 식당 주방으로 갔다던가. 사랑해선 안 될 사람은 우리 옆집 아저씨. 그날 이후로 옆집 아저씨 자동차 소리만 나면 동생이 생각나 마음이 별로였다. 이제 좀 살 만해졌다더니 죽긴 왜 죽어.

동생이 죽고 또 몇 년 후의 일인데 옆집 아저씨의 아내는 딴 남자가 생겨서 집을 나가 옆 동네에 살림을 차렸다고. 잘된 일도 아닌데 어쩐지 그렇게 될 일이었으니 그렇게 된 것만 같아 이제는 옆집 아저씨를 보아도 마음이 안 좋지 않다.

"아담호프가 어딘디? 나도 닭똥집 엄청 좋아해. 다음엔 거기 가."

"지금은 없어."

"그렇게 맛있다면서 왜 없어졌댜?"

"그러게."

몇 년 전 서천에서 올라와 이곳에 자리를 잡은 친구가 아담호프의 행방을 묻는다. 우리는 또 괜히 조용해진다. 맨날 추억에 젖어 이야기하면서도 가지는 않으니 어지간히 궁금했던 모양이다. 특별할 것도 없지만 흔할 것도 없던 동생의 맑은 웃음이 생각난다. 언니랑 같이 살게 되어 참 행복하다고 했었는데.

같이 가자,
철새야

찬바람이 분다. 하루에도 몇 번씩 철새들이 어딘가로 향하는 소리가 들린다. 무리 지어 큰 브이 자로 날며, 추운 겨울을 피해 따뜻한 곳으로 가는 철새들.

“이런 말 하면 기분 나쁘겠지만….”

“네?”

“김미경, 송미경, 송미정, 박지혜, 정안나. 니들 다섯은 어떡하려고 그러니?”

“별 걱정을 다 하네. 가요.”

결혼 애기다. 초등학교 동창 넷이 나와 함께 나란히 호명된다. 자신의 딸을 제일 처음에, 나를 제일 마지막에 호명했다. 나는 지진아라도 된 듯 얼굴이 붉어진다. 결혼, 그깟 게 뭐라고. 어릴 적 살던 동네에 마흔이 다 되도록 결혼도 안 하고 있으니, 여러 사람이 결혼 의중을 물어온다. 인사처럼. 결혼 의중을 묻는 건 그래도 양반. 다짜고짜 결혼은 안 하냐며 역정을 내는 분도 있다. 대부분은 나와 비슷한 처지의 자식을 둔 분들이다.

"여기 커피 좀 주고, 상 좀 치워라."

기분이 안 좋은 날은 불행도 한꺼번에 온다. 다른 친구 아버지가 점심을 먹고 커피까지 요청하셨다. 커피를 가져다줬더니, 이번엔 상을 치우란다. 제가 당신 딸입니까, 아들입니까? 당신 자식들에게도 그렇게 말합니까? 그럼 자식들이 조용히 말 듣습니까? 상을 언제 치우느냐는 제가 결정하겠습니다.

무례하고 유치한 말들이 속에서 부글부글 끓었지만, 결국 아무 말도 못 하고 주방 소음 탓에 안 들린 척한다. 결혼도 안 하고, 자식도 없어 동네 철부지 대하듯 하나, 싶은 생각에 괜히 애꿎은 물병만 박박 닦았다. 설거지를 하는 내 등이 한껏 삐져 있었는지, 엄마가 결국 한마디한다.

"왜 안 해도 될 말을 해서 미움을 받나."

"내가 만만한가 보지, 뭐."
"허허. 니가 만만해?"
"네, 네, 하면 만만한 거 아니야?"
"너 화났을 때 쳐다보는 거 엄청 무서워. 저 사람들이 그걸 모를까."

사실 동네 어른들 말에 크게 신경 쓰는 편은 아니다. 워낙에 정신이 사나워 누가 뭐라고 해도 금방 잊어버린다. 화내고 싶어도 정확히 어떤 말 때문에 화가 났는지 기억이 안 난다. 그래서 결혼을 묻든, 밥벌이를 묻든, 장사를 묻든 대충 답하고 넘긴다.

그런데 서른여섯의 11월을 맞으니 상황이 약간 달라진다. 마른 사람에게 "뚱땡이"라고 해봤자, 큰 놀림거리가 되지 못한다. 우리는 안다. 그 사람은 뚱땡이가 아니라는 걸. 하지만 진짜 뚱뚱한 사람에게 "뚱땡이"라고 하면 상황은 달라진다. 뚱뚱한 사람은 안다. 자신이 뚱땡이라는 걸.

그동안은 결혼이야 해도 그만 안 해도 그만이지, 기왕이면 해야지, 싶은 마음만 있었다. 게으른 탓에 특별한 액션을 취할 생각은 안 했다. 그런데 내년이면 삼십대 후반, 곧 마흔이라고 생각하니 갑자기 마음이 조급해진다. 이러다가 정말 결혼을 못 할 수도 있겠다, 아기를 못 가질 수도 있겠다, 싶은 것이다.

이런 마음을 애써 감추며 동네 어른들의 결혼 얘기를 들으려니, 나도 모르게 짜증이 나고 걱정이 치솟는다. 오랜만에 친구들에게 연락을 돌린다. 앞뒤 가릴 때가 아니다.

"해 넘어가기 전에 남자 좀 소개해줘."

"지난번엔 안 한다더니?"

"지금 그럴 때가 아니야."

"글쎄… 열 살 차이는 좀 그렇지?"

"내년에 마흔일곱?"

내놓으라고 해서 쉽게 나올 것 같으면 내가 지금까지 이러고 있지도 않았겠지. 특별히 나이를 따져 사람을 만나진 않지만, 곧 오십인 사람을 만난다고 생각하니, 조금 더 생각할 시간이 필요할 것도 같다. 오십이면 지천명이다. 아기는 잘 안아줄 수 있으려나. 만나지도 않을 거면서 엄하게 생각만 앞선다.

11월도 벌써 중순을 향해간다. 두 달 뒤면 서른일곱. 올해 남자 만나 내년에 결혼할 거라는 계획이 이행되기 힘들어졌음을 의미한다. 동네 어른들도 나와 같은 생각을 하겠지. 그들의 걱정은 한층 더 심해지겠지. 몸과 마음이 한없이 서늘해진다.

철새처럼 따뜻한 곳으로 옮겨 갔다 겨울 지나면 돌아올까.

5장

이번 달도 버텼습니다

낙향과 귀향

시골에서 살게 된 지 2년 6개월이 됐다. 어제 꽉 찬 서른여섯이 되었지만, 오늘도 슬리퍼를 신고 동네를 뛰어다닌다. 돈은 적게 벌지만, 혼자만의 시간이 턱없이 부족하지만, 여자 친구들을 자주 만날 수 없지만, 큰 불만은 없는 생활이다.

"나 홍대 나왔는데, 사무실이야?"
"아니. 나 엄마 식당 개업해서 당진 내려왔어."
"그렇구나."
"바쁘게 오느라 연락도 못 했네."
"잘 지내지?"

작년 이맘때쯤인가 결혼한 후 통 만나지 못했던 친구에게 오랜만에 연락이 왔더랬다. 다시 일을 시작한 친구가 홍대로 출근하게 됐다고, 그러니까 나의 회사 근처에 왔다고 했다. 그러나 나는 거기에 없었다.

"나는 그때 어떻게 말해야 할지 판단이 잘 안 서더라고. 내가 홍대로 출근한다고 연락했는데, 너는 당진에 있다고 했을 때."

"아… 설명이 너무 없었지?"

"그보다 어떤 상황에서 내려갔는지 잘 모르니까. 뭔가 문제가 생겨 내려간 건 아닌지, 싶었달까."

"낙향 같은 느낌이었다는 건가?"

"편견이었지. 너는 너만의 방식으로 삶을 일구던 거였는데, 당진에 내려갔다는 말을 듣는 순간은 그런 생각이 들더라고."

며칠 전에 만난 친구와 해장으로 파스타를 먹다가 "낙향"이라는 말을 내뱉고는 생각했다. 귀향이 아닌 낙향이라…. 낙향과 귀향의 차이가 뭐지? 난 귀향을 했다고 생각했는데, 남들은 낙향을 했다고 생각했을 수도 있다.

낙향落鄕: 시골로 거처를 옮기거나 이사함.

귀향歸鄕: 고향으로 돌아가거나 돌아옴.

'표준국어대사전'을 찾아보니, '낙향'의 '낙'은 '떨어질 낙'이었고, '귀향'의 '귀'는 '돌아갈 귀'였다. 그러니까 나는 고향으로 돌아왔다고만 생각했는데, 어떤 이들은 내가 서울에서 떨어져 고향으로 왔다고 생각한 건가?

동네 사람들에게 뭔지 모를 소외감을 느끼던 이유를 알게 된 것 같다. 부은 얼굴로 슬리퍼를 신고 장바구니를 휘두르며 동네를 뛰어다닐 때, 식당에서 밥을 먹으며 왜 시집도 안 가고 엄마 집에 그러고 있냐고 물어올 때, 대낮에 마트에서 맥주와 과자를 잔뜩 사들고 나올 때, 어떤 이들이 나를 보는 시선은 '귀향'이 아닌 '낙향'이었다. 커리어우먼을 바라보는 부러움이나, 엄마를 돕는 딸을 보는 대견함이 아닌, 안쓰럽고 걱정스러운 마음.

식당에서 엄마 일을 돕고, 서울로 출장을 다니고, 오후에는 집에서 책 편집을 해도, 그건 남들 눈에 보이지 않는 일이다. 동창 중 누군가 잘 모르는 사연으로 당진으로 내려오게 됐다고 한다면, 게다가 부모님 집으로 다시 들어가게 됐다고 한다면, 나는 어떻게 생각할까? 집에서 무슨 일을 해, 서울에서 직장 잘 다니다가 그만두고 내려온 거면 뭔가 문제가 있었겠지, 결혼할 사람이 여기 있나. 그렇게 생각했겠지.

서울에서 떨어져 시골로 내려와, 부모님 집으로 다시 들어간

#낙향 #귀향 #이렇게큰차이였나
#소리소문없이강한소문 #엄마식당일돕고있어요
#망해서내려온거아니야 #외주일도하고있어요

삼십대 중반 여성에게서 상상해낼 수 있는 사연이란 그리 복잡한 게 아닐 것이다. 그리 긍정적이지도, 건설적이지도 않을 것이다. 그 여성이 신상에 별다른 변화 없이 2년 6개월을 지내고 있다면 더더욱.

동네 사람들이 내가 하는 일에 관심이 있느냐, 하면 그것도 아니다. 그들의 눈으로 보는 내 모습이 전부이니까. 그렇다고 제가 하는 일이 이러이러한 것인데, 엄마 식당 일을 돕게 된 이유는 이러이러한 것인데, 서울에서 망해서 내려온 것이 아니라 아직도 계속 이러이러한 연락을 받고 있는데, 라고 묻지도 않는 말에 답할 수도 없다. 그저 '낙향'의 이미지가 짙게 밴 시선을 감내하는 수밖에.

그래서 나는 지금 스스로에게 묻는다. '낙향을 한 것이냐, 귀향을 한 것이냐?' 나 역시도 쉽게 답할 수 없다. 좀 더 살아보면 알게 되려나.

제비집은 부수는 거 아니야

제비들이 아침마다 짹짹거리며 바쁘게 나뭇가지를 나르더니, 이틀 후 현관 조명등 위에 엉성한 제비집이 생겼다. 그렇게 며칠이 지나니 제비집 밖으로 나온 아기 제비들의 부리가 보인다. 아기 제비 두 마리. 엄마 제비는 바쁘게 뭔가를 물어 나른다. 배고픈 아기 제비들에게 밥을 날라주는 모양이다. 사람이나 제비나 엄마는 피곤하다.

아기 제비들의 목소리가 제법 커졌다 싶어지니 현관 바닥에 자꾸 제비 똥이 생긴다. 잠이 덜 깬 아침에, 술이 덜 깬 밤에 제비 똥을 밟지 않았을까, 생각하니 기분 별로다.

"제비집 부수면 안 돼?"

"어."

"왜? 현관에 맨날 똥 싸는데 식구들 밟고 넘어지면?"

"제비들이 얼마나 영리한데. 집 부수면 너 혼날 수도 있어."

제비집을 부쉈다 제비 부리에 머리를 쪼인 동네 아줌마 이야기를 듣고 나니, 제비 똥 까짓거 밟고 말지 싶다. 안 그래도 제비집 짓던 첫날 아빠가 조명등 위에 쌓인 나뭇가지들을 털어 치웠는데, 다음 날 나뭇가지가 더 많이 쌓여 있더란다.

"제비도 새끼가 있는데 집 짓고 살아야지. 그냥 둬."

그렇지. 제비도 살아야지. 새끼도 있는데 어느 세월에 집을 또 짓겠어. 우리 집에 들어와 살겠다는 것도 아니고, 내 손은 닿지도 않는 조명등 위에 지은 집인데 내 알 바 아니지. 똥은 아빠가 열심히 치워주니까.

그렇게 무심히 여름이 왔고, 아기 제비들이 제법 날기 시작했다. 제비들이 얼마나 건강한지 현관에 제비 똥은 아빠가 매일 치워도 또 있었다. 어떤 날은 제비들을 올려다보며 건강한지, 좁은 데서 살 만한지 묻기도 했다. 답은 듣지 못했지만 살 만하니 조용하겠지.

한여름이 지난 어느 날, 가게에서 돌아오는 길에 제비집을 올려다봤는데 제비가 없다. 가만 생각해보니 며칠 전부터 제비 소리가 안 들린 것도 같다.

"강남으로 갔나 봐."

"언제?"

"며칠 됐어. 잠깐 어디 간 줄 알았는데 안 오네."

제비 가족은 떠났지만, 혹시나 싶어 제비집은 부수지 못했다. 한겨울이 올 때까지. 그리고 다시 봄이 왔다. 짹짹 소리가 난다. 제비 두 마리가 어디서 소문을 들었는지, 작년 그 놈들인지, 현관 조명등 위에 또 제비집을 짓는다. 어허, 그런데 작년 그 집보다 훨씬 더 엉성하다. 이불도 없는데 집에 들어가면 바람이 숭숭 들어오겠다. 그렇다고 대신 집을 지어줄 수도 없으니 열심히 구경만 한다.

"아빠 올해도 제비 똥 치워야겠네?"

"그러게."

"근데 어째 집 짓는 기술이 작년만 못하네."

"아직 짓는 중이니까 그렇겠지."

그렇게 엉성한 제비집이 완성됐다. 이번엔 하나, 둘, 셋. 아기 제비가 세 마리다. 집 짓는 기술로 보아하니 작년 그 녀석들은 아닌 것 같다. 그렇게 있는 듯 없는 듯 제비들은 우리 집 현관에 둥지를 틀었다.

"엄마, 제비 못 봤어?"

"이사 갔어."

"갑자기 왜?"

"아기 제비가 집에서 떨어졌어."

"에? 그래서 다른 아기들 데리고 이사 갔어?"

"엊그제 두 마리. 그제 한 마리. 다 떨어졌어."

세상에. 귀여운 입 벌려 밥 달라고 울부짖던 녀석들이 셋 다 떨어졌다고? 부모가 튼튼하고 넓은 집을 짓지 못해 아기 제비들이 떨어진 모양이라고, 아기 제비들이 다 죽어나간 집에서 부모 제비라고 살 수 있었겠느냐고, 엄마는 말했다. 애초에 조명등 위에 아기 제비 세 마리는 무리였다고.

올해도 제비 똥을 열심히 치워보겠다고, 제비들이 건강하게 지내다 강남으로 갈 수 있도록 집을 부수지 않겠다고 결심했건만, 이제 제비는 없다. 어느 제비 가족의 슬픈 사연 하나만 텅 빈 제비집 안에 남았다.

아빠는 상냥하다

불 꺼진 부엌에서 오도독오도독 오이지 씹는 소리가 들린다. 아빠가 아침을 먹는다. 예순일곱의 아빠는 어떤 사람일까?

아침에 일어나면 식사를 하고 우아하게 커피 한 잔을 마시며 음악을 듣는다. 식구들이 나가면 밀대로 바닥 청소를 한다. 볕 좋은 날에는 집 앞 계단에 앉아 일광욕을 한다. 조카를 위한 놀이와 학습 프로그램을 연구한다. 사회생활을 할 때와 같은 패턴으로 일어나고 잠을 자고, 식사를 한다. 좋아하는 음악 장르는 딱히 없고 다 즐겨 듣는다. 즐겨 보는 TV 프로그램으로는 〈아침마당〉, 〈인간극장〉, 〈전국 노래자랑〉, 〈나는 자연인이다〉 등이 있다.

그러니까 지금의 아빠는 어떤 사람일까? 잘 모르겠다. 가족을 위해 사회생활을 하며 온몸을 불사르던 사람이었다는 것밖에. 술 좋아하고, 사람 좋아하고, 춤 좋아하던 사람. 술에 취해 밤늦게 귀가하는 날이면 찬물에 밥을 말아 먹으며 엄마가 불쌍하다고 울던 사람. 그러고는 언제 그랬냐는 듯 헤드폰을 쓰고 오래오래 춤을 추던 사람.

은퇴한 아빠가 어떤 사람으로 존재하는지 제대로 본 적이 없는 것 같다. 내 밥벌이가 바빴으므로. 사실 아빠도 그다지 나에게 관심이 있었던 건 아니므로.

그래도 잘 생각해보면, 아빠는 상냥한 사람인 것 같다. 조카가 집에 오면 버선발로 달려 나가 환영의 말을 건네고, 다른 지역에서 내 친구들이 오면 대신 터미널로 마중을 나간다. 엄마가 가게 일을 마치고 집에 오면 고생이 많았다고, 밥은 먹었느냐고 묻고는 자신이 앉았던 자리를 내주고 방으로 들어간다.

"서울 가?"
"응."
"태워다 줄게."
"괜찮아. 버스 타면 돼."

"집에 차 있고, 나도 있는데 왜 버스를 타."

"알았어."

그 집 딸이 누군지 참 멋대가리 없다. 그렇다. 이것은 점심 장사를 마치고 서울 출장을 준비하는 나와 그 모습을 멀거니 바라보는 아빠의 대화다. 그러니까 서울 가냐고 묻는 사람이 아빠고 버스 타고 가겠다는 사람이 딸이다. 이렇게 써놓고 보니 뭔가 이상하다. 서울 가냐고 묻는 사람이 딸이고 버스 타고 가겠다는 사람이 아빠인 게 더 자연스러운 것도 같다.

"언제 내려와?"

"밤에."

"전화해."

"택시 타면 돼."

"무슨 택시를 타? 그 돈 나 주고 전화해."

허허. 터미널 주차장에서 내가 내리길 기다리던 아빠가 영업을 한다. 자신이 마중 나올 테니 택시비는 자신에게 달라고. 아빠는 상냥하고도 치밀한 사람인 것 같다. 처음 집에 들어와 살기로 했을 때 가장 걱정했던 건 아빠와 내 관계였다.

내가 보는 아빠는 다른 별에 사는 사람이었다. 어릴 때부터 바쁜 아빠를 자주 보지 못했으니, 그저 하우스메이트 정도로 생각했달까. 하루 종일 누워서 TV나 보고, 자정이 넘도록 술을 마시고, 살림이 뭔지도 모르는 딸내미를 아빠가 곱게 봐주지 않을 것 같았다. 내가 봐도 내 생활습관은 엉망이었다. 안 그래도 아빠와 거의 대화가 없는데, 아빠가 나를 혼내기라도 하는 날이면 당장 짐을 싸야 하는 건 아닌가 하는 생각도 들었다. 어릴 때 남처럼 지내다 다 커서 같이 살려니 걱정이 많았다.

그런데 희한하게도 아빠와 둘이 집에 있을 때 제일 평화롭다. 아빠는 아빠 방에, 나는 내 방에. 서로에게 말을 건네지도 않고 소음을 만들지도 않는다. 집에 혼자 있는 것처럼, 조용히 각자의 시간을 즐긴다. 상냥하고, 치밀하며, 대화를 즐기는 아빠가 나를 불편해하는 건 아닐까.

가만 생각해보면 그건 아빠의 배려가 아닐까, 싶다. 내가 혼자 있고 싶어 한다는 걸, 누군가의 간섭을 싫어한다는 걸 누구보다도 잘 아는 사람은 아빠인 것 같다. 내가 아빠를 어려워하는 만큼 아빠도 날 어려워할 거라는 건, 골치 아파할 거라는 건 사실 나의 오해다.

"오늘 친구들끼리 송년회 하기로 했어."

"밴드도 부르고 그래?"

"돈이 어딨어? 노래방이나 가야지."

"에이, 시시하네. 밴드도 부르고 춤도 추고 비싼 술도 마시고 해야 송년회지."

나는 아빠가 어떤 사람인지 모르겠다. 하지만 술 좋아하고, 춤 좋아하고, 사람 좋아하던 아빠는 누구보다도 나를 잘 안다. 어쩌면 나는 어떤 사람인지 모르겠는 아빠를 많이 닮았는지도.

내일모레면
마흔이다, 마흔

"어디 가?"

"단엘이 스파게티 해주려고. 장 보러 가."

"그래?"

"왜? 필요한 거 있어?"

"홈런볼!"

"어이구, 내일모레면 마흔인데 왜 저러나 몰라."

점심 장사를 마치고 집에 내려와 전기장판 위에서 한참을 빈둥대다 외투를 걸치는 동생에게 말을 건넸다. 좋은 소리는 못 들었다. 동생은 언니가 내일모레 마흔이라고 그렇게 걱정을 해준다.

"내 칼을 받아라!"

"싫은데."

"후크선장, 왜 그래?"

"칼싸움하기 싫어."

"해야지. 엄마가 하라고 했어."

"아니, 엄마가 그런 소리 안 했는데."

나와 조카가 하는 대화를 가만히 듣던 동생이 나를 본다. 찌릿. 오호, 눈빛이 뜨겁다. 칼싸움을 해주란 소린가. 하기 싫은데? 조카라고 오냐오냐 하면 버릇만 나빠지는데. 내 마음을 읽기라도 했는지 동생은 한숨을 쉬며 나간다. 그럼 조카랑 좀 놀아볼까.

"피터팬! 점심은 스파게티다. 내 칼을 받아라!"

유학생활을 오래 한 동생은 여러 사람이 북적거리는 걸 좋아한다. 걱정도 많고 오지랖도 넓다. 오랜 알바 경력으로 터득한 친절함에 꼴딱 넘어가 동생을 숭배하는 동네 아주머니가 한둘이 아니다. 그런 동생에게 자신의 아들과 똑같은 취급을 받는 사람이 있었으니, 그건 바로 나.

"언니, 그거 입고 나가게?"

"응!"

"지금 그 남방에 그 치마가 어울린다고 생각하는 거야?"

"응!"

"진심이야?"

"응!"

"언니, 단엘이도 어울리는 색, 안 어울리는 색을 알아."

한 회사에 근무하던 동료들의 표현에 의하면 '전투복'을 입고 출퇴근하던 나다. 어울리는 색이고, 맞는 스타일이고 나는 모른다. 그저 일하기 편하고, 적당히 격식을 갖추면서, 사람들에게 쉽게 보이지 않는 옷이면 그만이었다.

나름 미술 쪽을 전공하던 동생이 유학생활을 마치고 귀국했을 때 나의 몰골을 보고 참 많이 놀랐더랬다. 뿌리는 다 죽었는데 끝은 상해서 빗이 들어가지도 않는 머리 스타일, 이목구비도 큰데 눈썹은 시커먼 일자로 그려서 포청천 저리 가라였던 화장, 비슷비슷한 남방과 비슷비슷한 스키니에 겉옷부터 속옷까지 온통 시커멓기만 한 옷들, 언제 샀는지도 모를 신발….

"이거 다 버리자."

"뭘, 왜 버려?"

"언니는 이런 스타일 안 어울려. 허리를 강조하는 옷을 입고, 눈썹은 자연스럽게 해야지. 이게 뭐야? 왜 이래?"

"나름 엄선해서 산 거거든!"

"참 나, 그렇게 하고 무슨 소개팅을 간다고 그래?"

아빠, 엄마도 안 하는 잔소리를 동생이 한다. 시끄럽다고 소리치고 싶지만 딱히 틀린 말도 아니다. 세 보이는 인상에 옷까지 세게 입고는 소개팅을 나가겠다니. 서비스업을 하겠다니. 그날부터 동생 말을 열심히 들었다. 일단 해보고 아니면 말지, 뭐.

"선배, 오늘 스타일 좋아요."

"진짜?"

"네. 진작 이렇게 입고 다니지."

동생의 조언을 백 퍼센트 신뢰한 옷차림을 하고 오랜만에 서울에 왔더니 회사 후배들이 마구 칭찬을 해준다. 말 많은 동생이 있으니 좋은 것도 있네. 허허, 인생 참.

"언니는 내 말만 들어. 남자가 자기한테 관심이 있는지 없는지도 모르면서 무슨 결혼을 어떻게 한다는 거야?"

먼저 시집 가 애까지 낳더니 아주 모르는 게 없다. 내 스타일을 털더니 이번엔 결혼이다. 말로는 결혼이 시급하다면서 동네 시커먼 놈들하고 술이나 마시러 다니는 내가 여간 답답해 보였나 보다. 이번에도 동생 말 잘 들으면 결혼하는 건가.

편하게 드시고 가십시오

"잘 먹었습니다."

"벌써 다 드셨어요?"

한 테이블의 손님들이 들어온 지 10분도 안 되어 김치찌개에 라면사리까지 후루룩 마시고 일어선다. 여름에는 열무비빔밥을, 겨울에는 김치찌개를 즐겨 먹는 손님. 다른 손님이 없을 법한 시간대와 요일을 택해 예약을 하는 손님. 근처 규모 있는 회사의 본부장이다.

"사무실 직원들이 맛있다고 해서 왔는데 괜찮더라고요. 근데 그 이후로 그 직원들은 여기서 볼 수가 없어."

#본부장쯤되면 #눈치안볼줄알았어
#부장님의비애 #식사는맛있게!

"에이, 어제도 다녀가셨는데요."

본부장이 함께 온 직원에게 자신이 이 식당에 오게 된 사연을 들려주며 날 쓱 봤는데, 그만 눈치 없이 답해버렸다. 좀 더 그럴싸하게 말해줄 것을. 상사와의 식사 자리가 얼마나 불편한지 알기에, 본부장이 오는 날이면 다른 직원들에게 미안한 마음이 든다. 그렇다면 상사는, 본부장은 불편하지 않을까? 어딘가의 직원일 때는 생각해보지 못한 일이다.

"언니, 오늘 본부장님 오셨는데 먹다 말고 가셨어."

"그래?"

"맛이 없었나?"

"오늘 손님 많았어?"

"어. 테이블 꽉 차서 끼어 앉았지."

"아… 직원들 편하게 먹으라고 빨리 갔나 봐."

"본부장도 쉬운 게 아니구나."

본부장이 단골이다 보니, 우리도 가끔은 신경이 쓰인다. 본부장이든 직원이든 백수든 밥을 먹고 나가는 손님에게는 신경이 쓰일 수밖에 없다. 소심한 사람들이 장사를 하다 보니, 밥을 남기고 가면 왜 남겼나, 웃지 않으면 무슨 일이 있나, 돌아서는 손님의 뒤통수에 수많은 물음표를 던진다. 본부장쯤 되면 직원들 눈치는 안 볼 줄 알았는데, 개도 안 건드리는 밥 먹을 때조차도 본부장은 직원들 눈치를 보는구나. 오늘은 느낌표 하나 추가.

눈치 보는 직원은 있어도 눈치 보는 상사는 없을 줄 알았는데, 본부장을 보니 상사들의 사정도 그리 나은 편은 아니구나 싶었다. 가만 생각해보니 나도 꽤 골치 아픈 직원이었구나. 상사의 한 마디에 두 마디, 열 마디로 답하고, 상사가 뭐 먹으러 가자고 하면 내가 가고 싶은 데로 예약하고, 곱게 "예" 한 적이 없구나.

"내가 요즘 소설을 하나 쓰고 있어요. 나중에 그걸로 영화를 만드는 게 꿈이야."

"한번 보여주세요. 소문 안 낼게요."

내가 프리랜서 편집자인 걸 알고 다른 손님이 없던 어느 날 본부장이 수줍게 말했다. 직원들과 식사 자리가 있으면 우리 식당을 예약하라고 일러주는 손님, 갈비찜이며 고등어찜이며 닭볶음탕이며 맛없는 게 없는 데라고 식당에 처음 온 직원들에게 말해주는 손님, 북엇국이 왜 북엇국인지, 저기 저 분이 편집자 분이시라 맞춤법 물어보면 다 알려준다고 나를 부끄럽게 하는 손님. 직원들은 어려워하지만 나는 어려워할 수 없는 손님.

오늘도 그분이 왔다.

"오늘은 손님이 없네요?"

"자리는 여기예요. 편하게 드시고 가세요."

시 읽기
좋은 날

한국에서 오바스럽게 무슨 롱패딩이 다 유행을 하나 싶었는데, 올겨울 날씨가 만만치 않다. 잔뜩 움츠린 어깨로 가게에 나와 오픈 준비를 하다, 슬리퍼 바람으로 마트에 장을 보러 가던 발걸음이 주춤거린다.

"애도 아니고 한겨울에 슬리퍼가 다 뭐냐?"

"그러게."

"멋은 둘째치고, 계절에 맞는 신발이라도 신자."

"응. 난 장 보러 간다. 잘 먹고 가."

신발을 갈아 신다, 늦은 아침을 먹으러 식당에 들른 친구에게 한소리 듣고 만다. 그래 한겨울에 슬리퍼는 좀 그렇지. 날씨 탓인지 요즘 손님이 뜸하다. 한창 정신없어야 할 점심시간에도 테이블이 꽉 차지 않아, 찾아와준 손님에게 온갖 서비스를 제공한다. 몸이 한가하니 마음이 춥달까. 바쁠 땐 하루에도 몇 번씩 마트를 뛰어갔다 왔는데, 드문드문 오는 예약 손님을 받으려니 흥도 안 나고 마트 가는 길도 천리 길이다. 신발을 다 갈아 신고도 밖으로 나갈 엄두가 나지 않아 뭉그적거리다 엄마의 따가운 눈총을 받고 나서야 마트로 향한다.

쌓인 눈 사이로 마트를 다녀와 손님을 맞는다. 눈이 이렇게 많이 왔는데 차를 몰고 달려와준 반가운 손님 셋. 뜨끈뜨끈해지는 동태탕을 내드리니, 말 없는 온기만 가득하다.

손님이 많을 땐 말소리가 잘 들리지 않아 손님을 계속 주시한다. 밥이나 반찬이 모자란 건 아닌지, 젓가락을 떨어뜨리거나 물을 흘린 건 아닌지, 누군가가 뭔가를 물어오지는 않는지, 살피고 또 살핀다. 하지만 손님이 거의 없을 때 손님을 너무 주시하면 대부분은 부담스러워한다. 이해한다. 대학 때 선배가 그랬다. 뱃속 내장까지 뚫어볼 것 같은 눈으로 자기를 쳐다 보면 술을 아무리 마셔도 취할 수가 없다고. 별생각 없이 손님 쪽을 멍하니 바라보다 선배 말이 생각나 카운터 위에 있는 시집을 얼른 펼쳤다. 손님이 언제 부를지 모르니 하나의 시를 읽고 또 읽는다. 천천히, 아주 처언처언히.

"여기 밥 하고 반찬 좀 더 주세요."

조용히 밥을 먹는 손님을 앞에 두고 시를 읽으니 맥주 한 잔이 간절하다. 술 냉장고에서 맥주 한 병을 꺼냈다. 병 따는 소리에 손님이 일제히 나를 본다. 나는 차마 손님을 보지 못하고 컵에 맥주를 따른다. 맥주 따르는 소리가 가게에 가득하다. 손님의 실소가 내 정수리에 꽂힌다. 아, 뭔가 부끄러.

맥주 한 잔을 마시고 밥을 거의 다 먹은 손님에게 사과와 식혜를 내주었다. 손님 셋이 사과를 건네는 내 손을 본다. 뭔가 한소리 할 것만 같았지만, 어떤 얘기도 듣지 못했다. (아, 소심하여라.)

"오늘은 서비스가 엄청나네요."

"네. 바쁘지 않아서…."

"잘 먹었습니다."

"눈 오는데 조심해서 가세요."

손님이 돌아선 후에야 손님의 뒤통수를 원 없이 본다. 가게 앞에 주차된 차를 타고 내 시야에서 사라질 때까지. 얼굴이 벌게진다.

고기는 뜯어야 맛이지

한가한 토요일 점심시간. 구부정한 할머니 한 분이 식당 문을 살며시 열고 들어오셨다. 평소에 할아버지나 할머니 손님이 오면 엄마는 몇 배나 더 친절하게 응대한다. 혼자 온 할아버지나 할머니들이 노여움을 더 잘 타신다고, 나이 드신 분들께 식사 대접했는데 서운해하시면 엄청 속상하다면서 말이다. 일관성 있게도 고무장갑 벗기 귀찮아서 설거지할 땐 전화도 잘 안 받는 양반이 설거지하다 말고 어느샌가 할머니 앞에 섰다.

"할머니, 뭐 필요하세요?"

"밥 먹으러 왔지."

"뭐 드시게요?"

"글쎄. 뭘 잘혀?"

"음. 된장찌개 드시겠어요?"

"아이고, 기운이 없어서 고기 좀 먹을까 허는디."

며칠 감기를 앓아 기운이 없어 고기를 먹으러 나오셨다는 할머니에게 엄마는 갈비찜을 권했다. 단체 예약이 있을 경우 여분으로 미리 조리를 더 해두지 않는 이상 1인분만 판매하는 경우는 없지만, 엄마는 기운이 없다는 할머니를 외면하지 못했다.

"조금 앉아 계세요. 고기 익히려면 시간이 걸려요."

"그려. 찬찬히 혀. 버스 시간 될라믄 아적 멀었어."

불금을 보낸 탓에 홀에 반쯤 누워 있던 나는 주섬주섬 일어나 할머니에게 보리차를 한 잔 따라드렸다. 그러곤 반찬을 담아다 상을 차리고 TV를 켰다. 할머니들은 뭘 잘 보시더라. 모르겠다. 말이라도 좀 걸어볼까.

"버스 타고 나오셨어요?"

"이. 초락도서 왔어."

"어? 거기 제 친구 사는데. 박은미라고 아세요?"

"박은미? 내가 개 작은 할미여. 어이구. 시집은 갔어?"

"아니요. 은미는 간대요?"

"물러. 시집들은 안 가고 뭣들 허는지."

할머니는 많이 시장하셨는지 밥도 없이 반찬을 드시며 내 말에 대꾸하셨다. 반찬이 맛나다며. 그렇게 괜히 말을 걸었다 싶게 어색한 대화를 주고받은 지 이십여 분. 드디어 갈비찜이 나왔다.

"뜨겁습니다. 맛있게 드세요."

갈비찜을 가져다드리며 상을 스캔했다. 의외로 햄과 샐러드를 잘 드시는 할머니다. 부족한 반찬은 더 채워드리고, 밥은 조금 많다 싶게 떠다 드렸다.

"할머니, 천천히 드세요. 남은 건 싸드릴게요. 무리하지 마시고요."

"그려. 고마워."

엄마의 친절함에 할머니의 허기가 약간은 가셨는지 반갑게 답하신다. 할머니들은 이도 안 좋다던데 갈비 뜯다가 이라도 빠지진 않을지 슬쩍 걱정이 됐다. 그렇다고 밥 먹는 사람을 대놓고 볼 수는 없으니 TV를 보는 척하면서 슬쩍슬쩍 할머니를 살폈다. 오물오물 뭔가 열심히 드신다. 압력밥솥에 갈비찜 1인분만 넣고 조리하면 맛이 안 나 여유 있게 넣고 조리했다는 엄마의 말을 들고 포장 용기를 준비했다. 아마도 기운 없는 할머니가 집에 가 혼자 밥 해드시는 게 안타까워 갈비찜을 더 한 거겠지.

할머니는 열심히 식사를 하시고 엄마와 나는 열심히 할머니를 살폈다. 제법 전투적으로 식사를 마친 할머니가 일어나셨다. 엄마가 또 할머니 곁으로 달려 나간다.

"맛있네, 맛있어."

"버스는 금방 와요?"

"물러. 장이나 보러 가게."

포장 용기를 들고 홀로 나오는 나에게 엄마가 눈짓을 한다. 아마도 포장 용기를 가져오지 말라는 의미인 듯하다. 어색하게 돌아서 주방으로 들어가 식혜를 들고 나왔다.

"식혜 드시고 가세요."

"그려."

시원하게 식혜를 들이켠 할머니가 씩씩하게 식당을 나서셨다. 들어오실 때보다 허리가 좀 펴진 것도 같다.

"갈비찜 안 남았어?"

"어. 다 드셨어."

"뭐? 그 정도면 내 친구 둘도 다 못 먹는데?"

"많이 시장하셨나 봐."

"와우! 할머니 푸드파이터 준비하시나."

"맛있게 드셨으면 됐지, 뭐."

프로는
새벽 세 시에 출근한다

"어디 가?"

"가게."

"에? 핸드폰 두고 왔어?"

"아니. 반찬 하러."

자다가 목이 말라 물을 마시러 거실에 나왔는데 어둠 속에서 엄마가 옷을 입고 있다. 아침인가 싶어 시계를 보니 새벽 세 시다. 이 시간에 가게를 간다고? 물을 마시고 방에 들어와 누웠다. 내 눈을 의심하며 핸드폰 시계를 다시 봤다. 이 시간에 가게를 가?

엄마가 새벽 세 시에 출근하는 게 처음은 아니다. 김밥을 팔 때는 단체 예약 때문에 나도 몇 번 새벽에 나가 김밥을 말았다.

아침 예약이 있을 때도 엄마는 종종 새벽에 나가 음식을 했다. 이런 날은 저녁 장사를 안 하고 쉬면 좋으련만 바쁘면 저녁까지 음식을 해야 한다. 열여덟 시간 동안 일을 하는 셈이다. 육십 넘은 할머니가.

"어제 반찬 하면서 고생하셨겠어요."

"오늘 아침에 만든 거예요."

"이걸 아침에 다 만들어요?"

"네. 새벽 세 시에 나와서 만드셨어요."

"아이고. 괜한 부탁을 드렸나 봐요."

"며칠 동안 두고 먹을 건데 전날 만드는 건 좀 그렇다시네요."

내일부터 설 연휴가 시작된다. 누군가에게는 즐거운 휴가겠지만, 누군가에게는 가열찬 가사노동에 시달리며 가족들을 위해 밥 세 끼를 만들어야 하는 기간이다. 맞벌이로 음식 솜씨를 가다듬을 시간도 없이 연휴를 맞은 단골 언니들이 연휴에 먹을 반찬을 예약했다. 코다리 조림, 고사리 무침, 동그랑땡, 장조림, 봄동 무침 등.

말린 코다리를 사다 조림을 해도 될 텐데, 엄마는 말린 코다리를 그냥 쓰면 살이 부스러진다며 며칠 동안 빨랫줄에 코다리를 널어 말렸다. 연휴 내 먹을 음식인데 전날 해서 신선도가 유지되겠느냐며 반찬 준비도 굳이 예약 당일 새벽에 나가 했다. 점심 장사가 끝나지도 않았는데 엄마는 벌써 눈 밑이 꺼멓다.

"엄마도 극성이네."

"음식은 정성이야. 정성껏 만든 음식을 먹어야 기분도 좋고 살도 붙지."

"손님 음식을 무슨 내 식구 음식 하듯 해? 누구 사위라도 오는 줄 알겠어."

엄마의 정성(이라고 쓰고 극성이라 읽는다) 덕에 예약을 안 한 손님들까지 반찬을 포장해 갔다. 반찬을 포장하고 또 포장하며 여기가 반찬가게인 줄 알았다. 식구들 먹을 걸 따로 챙겨놓길 잘했다. 다 털릴 뻔했다.

"오늘은 일찍 들어가자. 사람들도 다 고향 갔는데."

"그러게. 피곤하네. 밥 먹고 들어가자."

어지간하면 점심 장사만 하고 집에 간단 소리를 안 할 텐데 새해가 되니 엄마도 조금 더 늙은 모양이다. 기왕 고생하는 거 올해도 손님들이 엄마의 정성 가득한 음식을 먹고 기분 좋게 살이 붙기를 바란다.

만두는 언제
먹을 수 있는 건데요?

다시 겨울. 야심 차게 내놓은 메뉴는 만두. 어릴 때 이북이 고향이신 할아버지의 쓸쓸함을 달래주는 음식은 냉면과 만두였다. 할아버지, 할머니와 함께 살던 우리 가족은 자연스럽게 냉면과 만두를 자주 먹었고, 즐기기도 했다. 명절이면 친척들과 몇 날 며칠 만두를 구워 먹고 쪄 먹고 국으로도 끓여 먹었다. 할아버지가 돌아가신 지 이십여 년이 지났지만 나는, 우리 가족은 지금도 만두와 냉면을 즐긴다.

"네, 호호아줌맙니다."

"만둣국 예약하고 싶은데요."

"죄송하지만 이번 주는 힘들 것 같아요."

"먹고 싶은데…. 그럼 언제 먹을 수 있는데요?"

"주말에 만두 속 만들면 다음 주에 드실 수 있어요."

만두가 생각만큼 반응이 없어 만두 속이 다 떨어질 때까지 신경을 안 쓰고 있었는데 찬바람이 부니 만두를 찾는 손님이 종종 있다. 사실 아이들 방학 시즌이라 도시락이다, 급식 대행이다 점심 배달을 많이 하다 보니 만두를 잊고 말았다. 비겁한 변명이지만, 만두가 나가는지 마는지 체크할 틈도 없었다.

"이번 주에 급식 끝나면 만두 속 만들어야겠어."

"있을 땐 안 찾더니 없으니까 찾네."

"사실 메뉴의 주재료가 떨어지는 건 장사를 안 하겠다는 거지."

만두를 찾는 손님에게 미안한 마음 반, 싫은 소리를 듣기 싫은 마음 반을 섞어 엄마에게 날카롭게 굴었다. 하도 당해서 그런지 엄마는 별 반응 없이 자기 할 일을 한다. 옛날 같으면 한 열 마디는 들었을 텐데 이젠 포기한 모양이다.

"네, 호호아줌맙니다."

"오늘은 만두전골 먹을 수 있나요?"

"만두전골은 어려울 것 같은데요."

"만두는 도대체 언제 먹을 수 있는 건가요?"(매우 흥분하심.)

"잠시만요."

월요일이다. 지난주에 애타게 만두를 찾던 손님이 아침 아홉 시에 칼같이 전화를 걸어왔다. 엄마에게 손님이 울 것 같다고, 만두전골 언제 되냐고 물었더니, 만두전골은 어렵고 만둣국은 가능하다는 답이 온다.

"저… 만둣국은 가능한데요."

"정말요?? 그럼 만둣국 네 개 예약해주세요."

"네, 죄송합니다."

"아니에요. 이따 갈게요."

휴, 전화로 싸다구 맞긴 처음이다. 서둘러 만두 속을 꺼내 만두를 빚었다. 동그란 만두 피에 김치가 듬뿍 들어간 속을 꽉 채워 올리고 피 가장자리에 달걀흰자를 발라 빚는다. 오늘은 만두를 빚을 수 있어 다행이다. 나도 만두 참 좋아하는데. 매일 만두를 빚다 보니 그 냄새가 싫어 올해는 만두를 한 번도 먹지 않았구나 싶었다.

"엄마, 우리도 아침으로 만두 먹을까?"

"너 메뉴에 있는 건 안 먹잖아."

"어쩐지 먹고 싶네. 옛날엔 세 끼 다 먹은 적도 있는데."

"그러게. 세 끼만 먹었어? 돌아다니면서 부엌에 갈 때마다 집어 먹었지."

나도 만두가 먹고 싶어 애가 타던 시절이 있었다. 아빠는 중동으로, 동생은 일본으로 가고 엄마와 나만 명절을 보내던 때엔 만두를 먹을 일이 없었다. 열심히 만두를 빚어도 맛있게 먹을 사람이 없으니까, 요리하는 사람도 흥이 나지 않았겠지. 뜨끈뜨끈한 할아버지 방에 온 가족이 둘러앉아 뜨거운 만둣국을 허겁지겁 먹던 그날의 만두 맛은 이제 기억 속에만 있다. 만둣국에서 뜨거운 만두 하나를 건져 크게 한 입 베어 무는 손님을 보다 괜히 마음이 짠해진다. 만두 참 맛나게 드시네, 이 손님.

일부 메뉴
가격 인상 안내

식당 메뉴의 가격은 어떻게 정해야 할까? 주변 식당과 비슷하게? 재료 원가 등을 따져 순이익이 어느 정도 떨어지게? 손님의 주머니에서 한 끼 값으로 허용할 수 있는 만큼? 하루 목표 매출에 손님 수를 나눠서?

메뉴에 가격을 매기는 일은 쉽지 않다. 주재료 값의 세 배 정도가 적당하다고들 하는데, 식당 위치나 주 손님층 등을 고려하다 보면 단순하게 결정하기가 어렵다. 우리는 1인 기준으로 시래기 고등어찜, 동태탕, 김치찌개, 만둣국을 7000원에 열무비빔밥을 6000원에 제공하고 있다.

"엄마, 우리 음식 값이 너무 싼 것 같애."
"손님이 그래?"
"어. 친구들도 그러고. 다른 동네에서는 훨씬 비싼가 봐."
"그렇긴 하지."
"직장인 점심 식사 위주로 하다 보니까 이렇게 된 건데…. 싸긴 하지."

메뉴의 가격을 정할 때, 처음에는 재료 원가의 세 배 정도로 다른 식당을 참고하여 가격을 정했다. 그런데 재료 원가라는 것이 변동 폭이 크더라니. 작년에는 무더위로 열무 값이 두 배나 오르기도 했고, 재작년에는 경우는 달걀 파동으로 닭 값까지 오르기도 했다. 원재료 값이 올랐다고 음식 값까지 올릴 수는 없는 법. (그땐 그렇게 생각했다.)

"이 가격으로는 도저히 안 될 것 같애. 남는 게 있어야 보람도 있지. 자선 사업도 아니고. 없는 손님들이 오는 것도 아니고."
"그럼 올려."
"전부 다 올려?"
"아니. 된장찌개랑 김치찌개, 동태탕은 빼고 올려."
"천 원씩 올려서 메뉴 포스터 다시 만들게."

#천원더올렸을뿐인데 #이제야돈좀버는거같아
#가격만올린건아님 #손맛과정성도함께올렸어요
#재료값이들쑥날쑥 #맛은한결같이

2년 넘게 장사를 해오면서 가격 인상을 몇 번 고민하긴 했다. 바쁘긴 한데 남는 것 같지도 않고, 재료 값이 들쑥날쑥이니 고민이 많이 되었다. 그래도 칼을 뽑지 못하고 있었으니. 직장인이었던 때를 생각해보면 단골 식당의 메뉴 가격 천 원 인상이 얼마나 큰 의미가 있는지 잘 알기 때문이다. 그래도 저도 좀 살아야겠습니다, 하는 마음으로 2018년부터 가격 인상을 할 것이라는 공지를 먼저 했다.

"메뉴 가격 올리시게요?"

"네. 이런저런 계산을 해보니 단가가 안 맞아서요."

"그냥 오늘부터 올려요. 뭘 고민하세요?"

"그래도 손님 마음은 그게 아니죠. 천 원이 큰돈일 수도 있는데…."

"그런가? 여튼 잘 결정하셨네요."

다들 우리 식당 음식 값이 싸다고 생각하고 있었던 모양이다. 눈 밝은 손님들이 공지를 보고 알은척을 해주었지만, 왜 올리느냐고 따져 묻는 사람은 없었다. 고맙네, 허허.

"근데, 엄마. 동태탕도 올려야 하는 거 아니야? 동태가 고등어보다 비쌀 때가 있는데 왜 고등어찜만 올려?"

"그럼 동태탕도 올려."

"엄마!"

"왜?"

뭐가 그렇게 희미하냐고 묻고 싶었지만 참았다. 그런 건 내가 알아서 처리해주길 바라는 엄마의 마음도 이해가 갔다. 음식 만드는 일만으로도 충분히 벅찬 사람일 테니. 그렇게 해서 우리는 무사히 메뉴 가격 인상에 성공한다.

"천 원이 별건가 했는데 막상 손에 쥐어보니 다르네."

"그치? 돈 좀 버는 것 같지?"

"응."

아직도 메뉴 가격이 좀 싸기는 하다. 그래도 이 동네에서 이만하면 됐지, 뭘. (아무래도 장사엔 젬병이다.)

장사 노하우를 묻는 이들에게

"나도 나중에 동네 사랑방 같은 식당 하나 여는 게 꿈인데."

"식당? 나중에?"

"어. 회사 잘리면 장사라도 해야지."

허허. 회사를 나오게 되면 장사라도 하겠다고? 사탕이 없으면 초콜릿이라도 먹겠다는 것처럼 아주 쉽게 들린다. 직장인으로서의 불안한 삶을 이해하지 못하는 건 아니지만, '장사'라는 말을 별 뜻 없이 툭 내뱉는 친구 앞에서 할 말을 잃었다.

"시골에서 장사하는 거 힘들어?"

"엄청 힘들어."

"손님도 별로 없고, 동네 장사라 괜찮을 것 같은데."

"그래서 힘들어. 노하우도 없고."

"음… 지금쯤 노하우도 많이 쌓였을 것 같은데."

장사 노하우라면. 십여 년 전에 만들던 창업 책에 나오는 상권 분석, 니즈 분석, 메뉴 개발, 선택과 집중, 이벤트 그런 거 말하는 건가? 백종원이 텔레비전에 나와서 열심히 이야기하는 그런 거?

미안하지만 창업을 준비하는 친구들에게 해줄 실질적인 조언 같은 건 없다. 사회생활을 시작하기 전에 출판 편집 강의를 해주시던 선생님이 "이 바닥은 엉덩이 무거운 사람이 이긴다" 비슷한 말을 해주셨던 것 같은데. 굳이 장사 노하우를 하나 들자면 '장사는 버티기다' 정도?

"딱 하나 깨달은 건 버틸 수 있는 힘이 필요하다는 거."

"어떻게?"

"단골이 생기기까지는 1~2년 정도 걸리는데, 그 기간을 잘 버텨야지."

"그냥 장사하면 되는 거 아니야?"

"아니. 처음엔 손님 수도 들쑥날쑥이고 매출도 들쑥날쑥이지. 그럼 우리 수입도 들쑥날쑥이라는 거고, 열심히 장사 준비를 해도 손님 수가 들쑥날쑥이니 버리는 재료도 많을 수밖에 없다는 거지."

"그럼 손해잖아."

"그치. 그러니까 단골이 생겨서 손님 수가 어느 정도로 유지될 때까지 버텨야 한다는 거지."

우리 동네는 아주 자그마하다. 온종일 식당에 있어도 걸어 다니는 사람을 보지 못하는 날도 있다. 주변 식당 여덟 군데 중 문을 닫은 식당은 네 군데. 그마저도 임대가 되지 않아 비어 있는 채로 있다. 장사 시작 전에 유동 인구를 분석하고, 주변 상권을 분석해 메뉴와 콘셉트를 선택해야 한다는 창업 책의 노하우들이 의미가 없는 곳이다. 요즘은 그런 식으로 창업해서 오래 버티기가 힘들다. 음식 유행도 워낙 빨리 바뀔뿐더러, 사업하듯 음식을 파는 일은 우리의 장사 철학(거창하다)과도 맞지 않는다. 그래도 굳이 분석을 해보자면, 여기서는 장사를 하지 않는 게 남는 거다.

그럼에도 불구하고 이 동네에서 장사하는 이유? 혈관질환이라는 폭탄을 안고 사는 아빠와 좀 더 가까이 있을 필요가 있었다. 돈을 많이 벌기보다는 그저 월급만큼만 벌면 된다는 생각도 있었다. 엄마의 재능으로 보람과 기쁨을 느낄 수만 있다면 해볼

만하다고 생각했다. 그렇다면 멀리 갈 필요가 없었다. 동네에서 일할 수 있는 만큼만 일하고, 벌 수 있는 만큼만 벌면 된다.

안일한 생각으로 시작한 장사가 잘될 리가 없지. 그래도 엄마의 손맛 덕에 단골이 꾸준히 늘어 처음의 목표치는 달성했지만, 이걸 가지고 노하우가 생길 정도는 아니었다. 아직도 이번 달만 버티자는 게 최대의 목표이니 말이다.

"시골 사랑방처럼 생각하고 장사하려면 권하고 싶지 않다."

"왜? 멋지잖아. 모여서 얘기도 하고 가끔 공연 같은 것도 하고."

"허허. 먹고살기 바쁜 사람들이야. 꼭두새벽부터 나가서 일하는 사람들이라고."

"의미 있잖아."

"의미는 있지. 그런데 의미 찾으려면 여윳돈이 많이 있어야지. 지역 사회에서 지원을 받든지. 돈은 포기하는 거지."

"돈…."

돌아온 탕자

"안나 씨, 잘 있었어?"

"어? 언제 오셨어요? 다른 데 계시다고 들었는데…."

손님의 살짝 굽은 등이 어쩐지 낯익더라니. 십여 년 전 근처 회사에 계약직으로 근무할 때 옆자리에 앉았던 직원이 식당에 왔다. 전문대를 졸업하고 진로를 정하지 못해 빈둥거리던 때, 여행을 위해 돈벌이가 필요해 들어갔던 직장에서 좋은 사람들을 만나 2년여를 근무했더랬다. 2년여를 옆자리에 앉아 지낸 이의 뒷모습을 10년이 넘도록 기억하고 있는 걸 보면 그 시간이 짧지는 않았던 것 같다.

"다시 왔어. 안나 씨 여기 있다길래 와봤지."

"오~ 철홍 과장님께 들으셨어요?"

"어. 시집은 안 갔다면서? 진짜 하나도 안 변했다."

"에이… 그짓말은…."

부끄럽지만 대학교를 다니면서 아르바이트를 해본 적이 없다. 집에 돈이 많다거나 공부를 특출 나게 잘해서는 아니었다. 사회성이 부족했다, 상상 이상으로, 많이. 식당에 하루 나가고 울며 포기하고, 약국에 하루 나가고 울며 포기한 후로는 아르바이트를 생각조차 하지 못했다.

대학교만 졸업하면 근사한 글쟁이가 될 거라고 생각했던 신입생 시절의 나는, 2학년이 되면서 여러 가지 이유로 (아니, 사실은 별 이유 없이) 아무것도 하지 않는 인간이 되었다. 술만 마시면 "나는 술 마시는 착한 천사"라고, "그렇지 않고서는 인생이 이렇게 힘들 리 없다"고 헛소리를 하기 일쑤였고, 교수가 추천해준 지역 신문사 면접 자리에 나가 술이 덜 깨 퀭한 얼굴로 넋 놓고 앉아 있기도 했다.

그렇게 대학교를 졸업하고 시골로 돌아와 삼십여 군데에 이력서를 냈다. 딱히 하고 싶은 일은 없었지만, 그렇다고 집에서 놀 수만은 없었다. 세무서가 뭔지, 방문교사가 뭔지도 모르고 그냥 닥치는 대로 이력서를 썼다. 몇 군데 면접도 봤다. 하지만, 글 쓰는 전공은 일반 회사에서 아무런 힘을 발휘하지 못했다. 그렇게 나는 사회로의 발길을 접고 다시 집으로 들어갔다.

다행인지, 불행인지 집 근처에는 화력발전소가 하나 있었다. 발전소에서는 지역 주민을 계약직으로 뽑기도 했다. 종일 집에만 있다 밤이면 맥주를 사러 동네를 어슬렁거리는 내가 안쓰러웠는지 동네 개발위원장인가 하는 양반이 날 발전소에 취직시켜줬다.

사회성이 부족해 아르바이트도 제대로 해보지 못한 내가 큰 회사에 적응하기란 쉽지 않았다. 하도업체의 문서들을 받아서 총무팀에 전달하고, 우편물을 정리해 전달하는 업무가 전부인데도 너무나 숨이 막혀 저녁마다 울었다. 그래도 여기서 포기하면 정말 사회로 못 나갈 것 같아 아침이면 출근을 했다. 나를 극복하기 위해서.

그렇게 1년을 다니니 좋은 사람들이 많이 보였다. 조직이라는 곳의 생리를 이해하지 못한 채, 벗어나고만 싶었던 나는 잊힌 지 오래였다. 함께 맛집을 찾아다니며 술도 마시고, 지독히도 싫어하던 등산도 했다. 여행을 간다고 했을 때는 나를 딸처럼 여겨주던 직원들이 용돈까지 모아주었다.

"여긴 아주 온 거야?"

"그런 것 같아요."

"하던 일은?"

"집에서 해요. 여긴 식사 때만 나와서 돕고."

"아이고, 다 컸네. 효도도 할 줄 알고."

"다 크긴… 이제 늙고 있고만."

옆자리 직원과 처음부터 사이가 좋았던 건 아니었다. 그 나름의 사정으로 예민한 구석이 있었고, 내가 계약직으로 대충 시간이나 때우다 가려는 건 아닌가 하는 생각에서였는지 쉽게 곁을 내주지 않았다. 그런데 정이란 게 무섭더라. 회사에서 큰일을 몇 번 함께하고 나니, 저절로 친한 사이가 되었다. 숙취에 쩔쩔매는 나를 몇 번이나 조퇴시키고 집까지 바래다주기도 했으니, 껄껄.

옆자리 직원이 조금 더 마음이 쓰였던 이유가 따로 있긴 하다. 와이프가 오랜 기간 암 투병을 했고, 내가 퇴사한 이후 돌아가셨다고 건너건너 들었다. 그러고 옆자리 직원은 다른 지사로 발령이 나 그곳에 근무하며 술로 나날을 보냈다는 얘기도 들었다. 그러던 그가 조금은 수척해졌지만 건강한 얼굴로 나를 찾아와 밝게 웃어주니 눈물이 날 것도 같았다. 그의 조금 굽은 등을 다시 볼 수 있어 기쁘기까지 했다.

"또 올게. 잘 있어."

"따로 봐야죠?"

"흐흐. 그래, 또 보자."

차에 올라타는 그를 물끄러미 바라보며, 어쩌면 그도 나도 '돌아온 탕자'가 아닐까 생각했다. 많은 일을 겪으며 늙고 상처받고 힘도 조금 빠졌지만, 이렇게 다시 돌아와 10년 전의 얼굴을 한 것처럼 함께 웃으며 인사할 수 있어서 다행이라고 생각했다. '돌아온 탕자'는 그래서 행복하게 살았던가. 행복하지 않으면 어떠랴. 돌아올 곳이 있다는 것만으로도 다행이거늘.

#돌아온탕자ver. #많은일을겪고 #힘들었지만
#결국다시돌아왔어 #엄마!사랑해! #이번달도잘버티자
#아직도어른이되어가는중입니다